我的菜市場

李郁棻——著　劉彤渲——圖

名家推薦

黃筱茵（童書翻譯評論工作者）：

這部作品以生動自然的筆觸讓菜市場的喧囂忙碌與溫暖人情躍然紙上，藉由國中女孩的觀點，帶我們踏入在地的菜市場，實際觀察體驗每個忙碌日子裡豐沛的人情味與源源不絕的活力。對於私校文化的摹寫中肯又恰如其分，對於豬肉攤日常的描摹蘊含情感，使讀者們宛如親自走進故事的場景，看見市場熱鬧滾滾的眾生相，感受嘈雜市井文化的溫度，也意識到傳統市場的變遷。作者細心選擇的角色觀點讓人感覺非常真實，女孩從排拒羞愧到大方坦然，接納了自我的同時，也讓我們看見家人間強烈的愛的連結。

謝鴻文（林鍾隆兒童文學推廣工作室執行長）：

從菜市場開展出來的生活日常寫真，寫實有情味的圖像，透過文字細描有滋有味呈現。作者有一枝誠懇說故事的好筆，把主人翁成長的自我認同與迷失，私校學生勾心鬥角競逐課業才藝和家世，爸爸中年失業轉職的心境變化等情節緊密扣合在一起，再用傳統市場裡的溫暖人情去包容，渡化與改變。

最後關於傳統市場改建的議題拋出，但沒有直接說破贊成或反對，反而可以刺激思考城市發展與再生，社區民眾要如何參與，從中孕生公民意識，啟發公民行動的力量。此力量一如故事尾聲出現的燕子飛翔，燕歸來有吉祥平安之象徵，什麼值得擁有、珍惜與保存，道理盡在故事之中。

嚴淑女（童書作家／童書作家與插畫家協會台灣分會會長）：

《我的菜市場》描繪原本在富裕家庭成長的小公主士芬，考上明星學校，卻因為爸爸被資遣而被迫全家搬到傳統市場，住到賣豬肉的外婆家。當人生面臨巨大的衝擊被迫改變時，大人或小孩都需要時間和方法來進行心理調適。

故事一開場的廚神競賽公布就成功的引起讀者好奇，想一探究竟。運用第一人稱描述士芬從覺得丟臉不肯承認家人職業的心理糾結，在家人的陪伴下逐漸感受傳統市場的人情味和獨特，一直到最後能以自家產品為榮，體悟家人的愛，讓她像燕子一樣不會迷失方向的轉變過程，描繪感情真實、細膩而深刻。

因為作者建構縝密的故事架構，運用快慢的節奏搭配來控制讀者的情緒，緊湊的情節，高低起伏引入入勝，引領讀者就像看一場實境演出，非常入戲。同時這本書也為正值身分認同和情緒風暴期的青少年提供一個絕佳的實境，示範如何從看似挫敗的人生，逐步轉換心境，看見另一片美好人生風景的勵志故事。

目錄

橋頭阿成
柑仔店
五順街
英老闆的魚攤
宮興福
桓侯大帝廟
五義街
蒜頭章
士芬家
$19
19元精品
朝富肉鋪
水果攤
冬季限定羊
阿琴姨菜攤
炸粿
北榮市場
文化街

第 1 章

爸爸怎麼了

「這次班級廚神競賽獲勝的組別是……」

我站在桌前緊張的絞著雙手，唉呀！我明明是各種大大小小考試比賽常勝軍，現在怎麼像一隻驚慌得想啄自己羽毛的小鵪鶉呢？

電磁爐上的湯還滾滾的冒著熱氣，像是人們喃喃騷入天際的祈禱聲，我在桌子下方偷偷將十指交扣，桓侯大帝可要保祐我。這是我人生第一次祈禱，在市場裡的桓侯大帝應該聽得見吧？半年前的我，根本想不到會發生這些事呢！

（六個月前）

「我——不——要！」在爸爸面前，我的臉漲得通紅，頭頂一股熱氣不斷往外冒，那句可怕的話自然而然冒了出來。

「我．討．厭．爸．爸！」

我用力喊出這句話，旋即頭也不回的跑回房間鎖上門，將自己埋在棉被裡嗚嗚地哭起來。

明堯中學，我努力了三年最想進的私立學校，因為爸爸的一句話就要破滅了。我淚眼婆娑望著牆上貼著的成績通知單，大大的「錄取」兩字被我用紅筆重重圈起來，周圍還添上許多彩色星星，這薄薄的一張紙可承載我人生至今全部的夢想啊！

「你們知道每年三月的私校考試是個多大的戰場？中部四縣市最頂尖的學生們都會報考明堯中學，一萬二千人裡最後只有八百人能穿上明堯的制服，這機率是百分之六……你們覺得光憑你們現在的努力夠嗎！」

想起補習班門口拉起的紅色布條，還有那些已經成功穿上明堯制服的學長學姐，能考上「第一志願」，那是多麼威風的事？

從小四進入「私中魔鬼培訓班」後，繡著「明堯」兩字的天青色制服就成為我的夢想。就像大人喜歡LV、GUCCI這些名牌，任何東西只要印上名牌標誌，就算成為月光族也想買下一件，我光是想像穿著天青色的制服走在路上，能獲得路人百分之百的回頭率，說不定還會有人低聲和同伴說：「這女孩怎麼這麼厲害，能考上明堯？」「她一定很聰明吧……」就恨不得早一點到明堯報到。

這三年我過得多辛苦啊！當班上同學還在寫著國語習作、背幾個簡單的英文單字時，我每天超前學習，小四時學小六的課程，到小六時每週開始練習國中會考題目，背誦一張張陌生的國字注音、數學公式考卷，就怕自己像補習班老師說的不夠優秀。整整三年我每天在補習班熬到晚上十點，連假日都在讀書，才終於從這場百分之六的錄取率戰爭中脫穎而出。上網查詢成績的那一刻，我拉著爸媽開心的又叫又跳！

「爸爸要帶妳去吃大餐、買禮物，慶祝我們家小公主考上明堯！」言猶在耳，現在爸爸竟然說不要讀明堯，讀普通的公立國中就好，我才不要——

「士芬，媽媽可以進來嗎？」外頭響起一陣敲門聲。

我們家的「大公主」親自上門，位階低的小公主當然只有乖乖開啟城門的份。拉開門後，我不發一語扭頭坐向床緣，渾身抗拒的氣息昭示著：就算打開城門也不代表我要準備豎白旗哦！

柔順的長髮披在肩膀上，媽媽略長的瓜子臉再配上一對溫柔得像要滴出水的眼睛，說起話來也是輕輕柔柔的。「妳以前從沒有這麼兇的對爸爸說話過。」媽媽進來前，發現爸爸看起來好像快哭了。」

媽媽的語氣雖然輕鬆，臉色卻有些憔悴。奇怪？雖然她曾經發生過一場嚴重車禍，但這幾年一直在家靜養，狀況也一天比一天好，怎麼現在看上去又像極從前的模樣？

媽媽應該沒看見我擔心的表情，繼續為爸爸說話。「爸爸最疼的就是妳，他對妳說那些話，心裡也一定不好受。明天去向爸爸求和好不好？」

「可是他要我去讀公立國中——」媽媽的話重新點燃我的怒火。「所有的朋友都知道我要去讀明堯，在臉書上留了一堆祝福給我，就連我最討厭的班長這次也承認輸給我。我現在去讀普通的國中，不就變得和他們一樣嗎？」

「妳怎麼會有這種想法？」

看著媽媽蹙起眉頭，這是她發怒的前兆，我可不想再引爆另一顆炸彈。我拉起被子蓋住頭，拒絕再進一步溝通。「我現在累了想睡覺，有什麼話明天再說。」

思考一整晚，為了向爸爸表明我死也不會去讀公立國中的決心，我決定拉起冷戰封鎖線，一句話也不跟爸爸說。

早上吃飯，我連一句「早安」和「爸爸再見」也沒出聲，爸爸似乎也沒有要去上班的打算，時鐘指向七點半，早該出發的他仍坐在餐桌前。

爸爸看著我欲言又止，最後只嘆了一口氣。「我也想讓妳讀明堯，但爸爸現在真的沒辦法。」

哼！什麼沒辦法？我低聲說著我吃飽了，用眼神示意媽媽趕快載我去上學，媽媽出門前不忘和爸爸說：「聰敏，這周末要和媽一起吃飯，餐廳讓你訂。」

爸爸點點頭，仍然坐在餐桌前，像尊孤伶伶的石像。哼，這是想博得我同情嗎？我才不會這麼簡單就開口呢！

坐上車後，我才開口和媽媽抱怨：「媽，妳去和爸爸講我想讀明堯，他怎麼可以不讓我讀明堯？」

「士芬，其實公立學校不見得比私中差，我們家附近的公立學校也算是明星國中，強調多元學習五育均衡發展，校風也不錯……」

媽媽完全忽視我抿得越來越緊的嘴角，依然滔滔不絕的強迫推銷那討人厭的公立國中。竟然連媽媽也「背叛」我，刻著明堯兩個大字的精神堡壘已經快要被「敵人」摧毀，孤立無援的哨兵該怎麼辦？

腦海裡倏然閃過補習班裡老師教過的成語歷史故事。戰國時代，其他國家為抵抗勢力強大的秦國而組成聯盟，秦國宰相張儀說服魏國背叛六國聯盟，用的理由是魏國投靠秦國，就可以「高枕而臥」，但當六國聯盟被破壞後，秦國一一將其他國家蠶食鯨吞，最後真正「高枕無憂」的是一統天下的秦國。

——當面對強大的敵人時，無法正面突破，就從內部瓦解。爸爸媽媽已經組成堅強的反對聯盟，我必須想辦法撬開一角，首先我必須找到強而有力的「工具」，威力大到足以動搖爸爸或媽媽的決定。剛才媽媽說星期六要和外婆一起吃飯……我腦筋一轉，似乎有辦法了！

和外婆的家庭聚餐是在我最愛的家常菜餐廳，雖然爸媽三不五時會帶我來一次，但自從五年級下學期忙著應付補習班裡的各科模擬考，已經有好長一段時間沒見到外婆了。

外婆還是頂著那一頭招牌捲髮嗎？記得小時候我曾好奇的要將手伸進那顆「鳥窩」裡，看看裡頭有沒有藏著鳥蛋？外婆總是笑瞇瞇的任由我亂摸，直到媽媽伸手把我抱回去，外婆還是樂呵呵笑著，好像再大的煩惱被她這樣一笑，全都被拋到九霄雲外。

車子甫接近餐廳，我瞧見一個豐腴的身影已然站在門口，夕陽的光從屋簷斜斜落下，照亮了周身，彷彿是這小天地裡最暖的色澤。車才剛停下，我迅速打開車門，一個箭步撲向了溫暖的懷抱裡——「外婆！」

外婆笑呵呵的摟住我，一雙眼睛瞇得快要沒了縫。「士芬啊，怎麼長這麼高了？」

我只顧著把頭埋在外婆懷中，亨受久違的撒嬌。忽然聽見外婆問了媽媽一句：「靜誼妳臉色看起來怎麼不太好？身體還有狀況嗎？」

「我沒事。」媽媽的聲音從後方傳來。「媽妳等很久了嗎？聰敏去停車，我們先進去。」

餐桌上是我愛吃的東坡肉、蝦醬高麗菜、排骨湯……，我等不及先開動，才不像大人們晾著美食只顧說話呢！

東坡肉

「一切都……」

媽媽正準備回答時，我的話早已像子彈般射了出來——「外婆我跟妳說，我考上了明堯，可是爸媽竟然不讓我去讀！」

「明堯不就是那所很厲害的中學？」外婆驚訝的問：「你們之前不是一直希望士芬能考進明堯的嗎？」

我在外婆身邊拚命點頭，更不忘用眼神對爸媽說著「你們看！外婆也這樣說！」

爸媽對看了一眼，爸爸才硬著頭皮開口：「可是私立學校的費用太貴了，光是學雜費一學期就要五萬元，還不包含校車、社團和第九節課的費用，和公立學校的學費比起來差太多……」

「我們家哪有可能出不起這些錢？」你還是大公司的主管呢！我還沒

說出下半句，卻看見被這些話擊中的爸爸已臉色一白。

餐桌上的氛圍忽然有片刻凝固，我正準備再接再厲說服外婆站在我這一邊時，爸爸丟下筷子雙手攫住桌面，用力低下頭！

「媽對不起！我答應過要給靜誼一個穩定的家，讓她能過幸福的生活，我卻沒有實現承諾。」爸爸的聲音聽起來有幾分哽咽，好不容易克制後才抬頭面對外婆，但那眼眶裡竟有淚珠閃動。爸爸明明抬著頭挺著胸，卻是滿臉悲悽，向來乾淨的臉龐不知何時已長出細細的鬍渣，這模樣就像裂縫爬上快要破碎的碗，隨時都會聽見砰的一聲——

「聰敏上個月底被資遣了。」一旁的媽媽開了口。「他原本待的企業受到疫情影響，決定結束公司的業務。聰敏已經在找別的工作，只是現在還找不到好的機會……」

像是被拳擊手的重拳一拳拳打在胸口，腦中炸出無數「砰！砰！

砰！」的聲響，爸媽怎麼沒和我提過這件事？不能讀明堯這件事彷彿成了海面上的一朵小浪花，現在迎來的是真正的狂風暴雨。爸爸中年失業，我們家該怎麼辦?!

我不曉得自己是如何囫圇吃完這一頓飯，以往最愛的菜餚已經一點也不可口美味，滿肚子裡只裝著濃濃的擔憂。搭車回家的途中，我想和爸媽說些什麼，反倒是爸爸安慰我：「放心，我們家沒有破產。只是從今天開始，我們家算窮人了，花錢要省一點。」

「我……」幸好我考上明堯後就暫停所有補習，省下一筆花費，我想趁機和爸爸說我不想讀明堯了，可是這句話堵在喉嚨裡，我捨不得戳破那唯一的美夢泡泡。

爸媽似乎也努力維持同樣的生活步調，只是爸爸待在家裡嘆氣的時間越來越長，就連身為家庭主婦的媽媽也開始上網找工作。我曾經最期待的畢業典禮，也在這種憂愁的氣氛下不知不覺結束，爸媽要我和同學一起出去玩，我只是一屁股坐上回家的車，唉，我現在哪有心思和同學說笑？恐怕今年暑假也會是烏雲罩頂吧！

沮喪的走進家門，忽然一陣手機鈴聲響起，爸爸連忙接起電話。

「是的，媽，我們剛才參加完士芬的畢業典禮，您有話要和我們說？」

電話那端外婆似乎說了什麼，爸爸的臉色由白轉紅後又變黑，我也想上前聆聽，爸爸卻逕自走進房間裡，低聲和媽媽商討著什麼。

繼承……入股……許多我聽不懂的名詞一一迸出。我在門口呆呆看著，爸爸忽然抬頭望向我，目光從猶疑變得堅定——那是我說不出的、滿滿的溫柔。

第2章

到外婆家

最近幾天，家裡似乎變得很不一樣，爸媽一一收拾家中物品，大有一副要搬家的態勢。

「過幾天我們打算帶妳搬到外婆家去，外婆家離明堯很近，妳到時候可以走路去上學哦。」媽媽的這番話就像天上掉下塊餡餅，差點將我砸得昏頭轉向。

我深呼吸後再深呼吸，才開口問：「我……真的可以去讀明堯？」

「當然。」媽媽露出微笑。「爸爸已經找到了新工作，之後我們還會把這間房子租出去貼補家用，七月就可以陪妳去明堯報到。」

光是「去明堯報到」這五個字就讓我蹦蹦跳跳了老半天，冷靜過後才想起另外一件事，接下來我們要搬到外婆家了嗎？

記憶中，我很少去外婆家，媽媽說外婆家因為做生意而又忙又亂，我們回去了也只是添麻煩，多半時間都是外婆來看我們。一開始外婆會提著大包小包的食物前來，煮一個星期的菜餚給我們，後來媽媽不願意讓外婆這麼麻煩，於是各種餐廳成了我最常見到外婆的地方。

對我來說，外婆家更像是作文稿紙上胡謅出來的地方。

小學三年級時，我的外婆家是迪士尼城堡，有從三樓滑到一樓的溜滑梯，還有會送氣球的米奇和米妮，老師卻在作文評語裡寫著「請符合真實生活經驗，寫出『真的』外婆家」。

於是上四年級後我學乖了，和隔壁的同學一樣，寫著過新年時回到鄉下外婆家，外婆家是座三合院……不過我還是很聰明的，沒像隔壁同學寫出看見西瓜長在樹上而露餡。

五年級時外婆家成了一間公寓，這是安親班老師幫忙決定的，還叫我下筆時快、快、快！速度不快就會少寫一張數卷或社卷，進度會落後，考私中要讀的東西還有一大堆……

隨著媽媽喊一聲快到了，我從過往的「豐功偉業」中抽身。坐了四十幾分鐘的車子實在有點久，我動動僵硬的屁股，伸長脖子往窗外望，這裡的路不像家附近的路寬敞且平坦，房屋一棟棟與天競高，比賽誰能突破天際線；而是沿著橋墩延伸的狹窄單行道，左側是台中市市區四大河川之一的柳川，右側則是有幾十年屋齡的老舊三層樓，和一堆由鐵皮搭建的平房。

「我小時候都在這裡玩。像這種下午時分，市場就會變得一片寂靜，就是我們一群小孩玩捉迷藏的最佳場所。」很少聽見媽媽回憶過往，這聲音裡帶有幾分躍躍欲試，天啊，已經一把年紀的媽媽還想再玩捉迷藏嗎？

車子拐進一條馬路，緩緩的在一間三層樓的透天厝前停了下來。透天厝一樓的騎樓處擺著個L型的攤位，後方是一個大平台，上頭擺著一大塊中心微微凹下的原木砧板，樑柱右側有台奇怪的機器，連接著前頭的攤位；前方攤位的白鐵架被擦得雪亮，橫槓上頭掛著許多鐵鉤，左方懸吊一塊寫著「香腸假日限定」的塑膠牌，「志鴻肉鋪」四個大大的字則刻在上方的紅色招牌上。

「真的是這裡嗎？」

這和我「建造」過的那些外婆家完全不一樣！媽媽說過做生意很忙的外婆家，竟然是間豬肉攤嗎?!

外婆似乎早已等候多時，車子才剛停好，鐵捲門緩緩升起。「你們到啦？」

爸爸一見到外婆便滿臉羞愧，再也沒邁出半步，像根打樁的木頭被釘在原地。

「人家說女婿是半子，不過你不是。」外婆說完這句話，露出那包容一切的笑容。「在我心中你就是我兒子，兒子回到家裡來，做媽媽的哪有不開心的？」

外婆笑呵呵的對爸爸招手，一把拉過媽媽的臂膀。「靜誼妳好久沒回來了，除了你們住的房間外，我還幫士芬留了一個房間……」

「媽我以前這麼少回來看妳，妳還是……」媽媽似乎有些激動，緊緊握住外婆的手。

外婆一個用力的回握，笑著說：「說這些做什麼？妳是我女兒啊。」

在後頭的爸爸伸手抹去臉上的淚光，隨即大步跨進門內，我連忙跟在爸爸後頭，卻忍不住東張西望。一進屋裡就看見一張超大型的木桌和一座冷凍庫，空氣裡還飄散微微的腥味，到了二樓後才比較有家的感覺，只是盒子、塑膠袋堆在各處角落，的確像媽媽說的有些亂。而我們住的地方在三樓，這層樓不但打掃過了，外婆還重新貼了壁紙，我還聞得到剛拆封的塑膠味。

「有了你們，我就輕鬆多了，以後等著分紅就好囉。」

為什麼有了我們後外婆就輕鬆了？看著我一臉不解，外婆緩緩道出解答：「我這肉攤做了好幾十年，早就想退休。前幾天剛好聽到妳爸爸想換工作，不如就讓女兒和女婿來接手，我就當肉攤大股東，前期先做些技術指導，等你們熟悉所有事後，這攤位就是你們的，我只要每個月有些獲利分紅就好了。」

外婆竟然將肉攤搞得像開公司一樣，這也太厲害了！外婆到底是從什麼時候開始計畫的？原來前幾天那通電話，是在討論這件事。我偷覷爸爸一眼，轉職到外婆「公司」的爸爸能適應這工作嗎？

爸爸和外婆約定好星期二一大早開始「實習」，我當然也不會偷懶，早上六點半，我在鬧鐘的催命鈴聲中掙扎爬起。唉，暑假應該睡到飽，但我實在太想看爸媽工作的模樣了，甚至比上學時間更早起呢！

刷牙洗臉完衝到樓下，熱鬧的早晨早已拉開序幕。和黃昏時剛搬來的景象截然不同，早上的市場被陽光照射得充滿朝氣，婆婆媽媽們提著菜籃熙來攘往，雙向道的馬路全被提著大包小包的買菜族攻占了，偶爾有機車穿梭其中突破重圍……，這般熱鬧就像血管裡汩汩流動的血液，看得我也跟著全身沸騰起來。

我往前望去，昨天下午空蕩蕩的肉攤上已擺滿一條條的豬肉和豬骨，鐵鉤上掛著長長的肋排，最前方還吊著一塊暗紅色的豬肝，而外婆拿著屠刀站在攤位前，像個威風凜凜的神力女超人。

看見此情此景的我默默往後退了一步。

雖然陪媽媽去買過豬肉，但超市裡的冷凍豬肉都是一塊塊由保鮮膜密封包好，看起來就像一盤盤精心呈現的粉色基底調色盤，我還有心情來場「貴妃選美」。而外婆的豬肉攤一眼望去實在太震撼了，每塊肉都紅通通的，霸氣佔滿整張桌面和各處鐵鉤，豬肉和我之間沒有任何的包裝隔閡，我只要一伸出手指頭，就可以和那鮮嫩的豬肉來個零距離接觸。

但我怎麼有些害怕和彆扭？我想吃豬肉，可是我不想摸它啊！

「頭家娘，我要一條三層肉——」

攤位前不斷傳來買賣的聲音，外婆俐落的抓起一塊肉，一邊招呼客人。「妳欲切多少？整條抑是欲切塊？」

一旁爸爸正目不轉睛盯著外婆的每個動作，我這時才發現，爸爸竟然繫上了圍裙，神情還有些侷促，和以往衣著筆挺的模樣相差甚遠，我眨了好幾次眼睛才適應爸爸的最新造型。

相較下媽媽看起來就自在多了，那頭柔順的長髮已經束成俐落的馬尾，她幫著外婆拿肉秤肉，雖然和在家裡優雅的樣子大相逕庭，我卻覺得這樣子的媽媽似乎很樂在其中。

剛送完一批客人，外婆馬上把握機會教育爸爸：「一隻豬的肉可以分成許多部位，每個部位都有不同的用途。剛才我拿的那塊就是三層肉，是客人最常買的肉，它是豬的腹部，也是豬身上脂肪含量最高的一塊部位，適合做東坡肉、肉臊、梅干扣肉……」

原來我愛的東坡肉是這麼來的……我緊張的摸了摸自己肚子，我吃了這麼多豬腹肉，該不會長出一堆小肚子吧？這可不行，開學後我可要穿上那套漂亮的制服呢！

外婆仍舊在介紹三層肉，爸爸低著頭猛抄筆記，我不由得低聲問媽

媽：「為什麼外婆講三層肉要說這麼久，不是知道它長什麼樣子就好了嗎？」

「可不是這樣的。」媽媽笑著回答。「客人會問你什麼肉適合煮什麼菜餚，有時還會請你推薦菜色，所以不只要知道肉的部位，連這塊肉要怎麼切怎麼料理都得了解得清清楚楚。」

「所以妳也會嗎？」

志鴻肉

「我太久沒接觸這些，現在大概就是比爸爸熟悉一些的程度吧？」

客人可不會等你講解完才上門的，攤子前又出現了一小波人潮，媽媽也沒空再和我聊天，趕緊上前幫外婆的忙，就剩下我和爸爸站在一旁，像兩塊被掛在鉤子上等待風乾的豬肉。不，爸爸還比我好一點，因為是家中最孔武有力的男生，有時候他會被媽媽指揮去冷凍庫拿肉，就只有我從頭到尾罰站著。

無聊的我正準備偷瞄爸爸放在一旁寫得密密麻麻的筆記時，忽然聽見有人大喊一聲「阿妹仔」！

左顧右盼，我轉過身找到聲音來源，對方竟然笑盈盈的看著我？

「阿妹仔，妳是秀蓮的查某孫對否？」與我說話的中年婦人也和外婆一樣頭髮捲捲的，而且和外婆同一個職業——因為她正坐在我們家隔壁攤位的小凳子上，只是外婆是賣肉的，她是賣菜的。

「妳在叫我嗎？」我小心翼翼的問出這句話。

對方聽完後大笑起來，要不是我們中間還隔著一排菜架，我想她可能就會伸出手揉揉我的頭。

「妳外婆常說妳很可愛，還給偶們看過照片，現在一看妳比照片裡大很多耶！」這位鄰居好像對我很熟悉，還貼心的將問話轉譯為「台灣國語」腔，我什麼話都沒說，她便自顧自問著。「妳是放暑假回來陪妳外婆的嗎？」

我望著菜架上的大白菜、高麗菜……以及剩下所有我不知道的菜，不知為什麼，總覺得回答起來有些心虛。「不是，我們是回來這裡住的。」

「阿琴姨，這是我女兒士芬，以後要麻煩妳多照顧了。」媽媽不能經歷長時間勞動，已被外婆勸下來休息，看見我在和阿琴姨說話，連忙上前打招呼。

阿琴姨看見媽媽，似乎又找到另一個開啟的話題，轉而用她熟稔的台語連珠炮般發問：「靜誼啊妳嘛真久沒返來看妳阿母，有聽說妳會帶妳阿母去吃好料，不過有時陣不是吃好就好……」

媽媽被阿琴姨念得頭越垂越低，我著急的想該如何幫媽媽解圍時，一陣聲音適時打斷阿琴姨的演講。

「——琴仔我拿幾支蔥！」

客人一走，外婆也離開攤位前，逕自探過身來，從菜攤前一大捆的蔥裡抽出幾支，拿了就走。

我腦袋一熱，拉住外婆的衣袖。「這些蔥……還沒給錢？」

外婆愣了一會兒，和阿琴姨對看一眼，阿琴姨又發出那震耳欲聾的大笑。

「憨囡仔，這免錢啦！咱是厝邊咧！」

俗話說親兄弟都要明算帳了，我不懂為什麼是鄰居就不用收錢？外婆似乎看出我的疑惑，將蔥擺在架子上後，問我：「士芬是不是很少到傳統市場？」

「傳統市場是個講情的地方，我們因為彼此認識，便不會計較太多。今天你請我明天我請你，都是很正常的。」外婆目光悠悠，似乎想起了某件往事。

「以前橋頭有一攤賣水果的阿成，常常來我們這裡買肉，每次忘了帶錢，妳外公就會讓他賒帳。直到有一天我整理記帳本時，發現阿成已經欠了三千元，在三十年前三千元可不是筆小數目，我氣得和妳外公大吵一架，要他找阿成拿錢，妳外公死活不肯，還把我罵了一頓。」

看著外婆永遠笑瞇瞇的臉，實在很難想像她和外公吵架會是什麼模樣。「外公為什麼這麼做？」

「他說阿成是窮苦人家，還有母親和兒女要養，我們的生活比他好，讓他一點又何妨？我那時沒聽進去這個道理，只想著妳外公這麼認為那就算了，我一個婦道人家又吵不過他，難道要為了這件事和他離婚？」

「後來……」外婆臉上的笑容逐漸消失。「後來妳外公半夜去載豬時出意外，貨車被另一輛酒駕的車子撞翻，那時候妳外公渾身是血差點沒命，多虧阿成緊急將妳外公從駕駛座裡背了出來，還打電話叫救護車。妳說，那借出去的三千元值不值得呢？」

我沒想過故事會這麼發展，只聽見外婆又繼續往下說。

「後來我們要包紅包給阿成，他不願意接受，只說『食人一口，還人一斗』，平時受我們的照顧，這些回報是應當的。再後來阿成就搬離菜市場了。」

「那三千元到底有沒有還？」我還是很關心這個問題。

笑意重新浮現在外婆臉上。「好幾年後，阿成到肉攤找妳外公。幾年沒見，他還是穿著一身破舊的衣服，生活看起來和以前差不多，卻從口袋裡拿出三千元，他對妳外公說：『我存了好久，終於存夠錢還你了。』他把錢塞給你外公後，頭也不回的離開了。」

我腦海中彷佛浮現阿成的樣子，那個瘦瘦高高穿著一身洗到發白的衣褲的男子，肩荷著生活的重擔，卻從不喊一聲辛苦，默默記著別人對自己的好。當他有機會償還時，毫不猶豫的全力付出，最後瀟灑的揮一揮手，轉身離開。

外婆下了最後的註解：「這啊，就是傳統市場。」

第 3 章

澳洲來的客人

在市場「觀光」的這幾天下來我也算觀察出一些門道，雖然我們的生意比不上斜對面開得很大間的「朝富肉鋪」，光是員工就請了五六個，但外婆的肉攤也十分繁忙，大概早上七點到八點之間是高峰期，九點過後比較輕鬆一點，十一點之後客人便變得稀稀疏疏。

就在這時，出現一樁意外插曲。

「老闆，我和妳買這些豬肉的話可不可以送一塊豬肝？」一名穿著貴氣的婦女站在攤位前，手指著一塊豬肉，和外婆討價還價，手上那顆大大的鑽戒閃亮亮的令人刺目。

外婆把豬肉放到電子秤上，一邊說著：「豬肝不能送啦！這裡三百零八元，我幫妳把零頭抹掉，三百元就好，算妳比較便宜。」

「零頭本來就不算的，哪有比較便宜？」婦女的語調微微揚起。「反正你們要收攤了，我也算是幫忙消化庫存，下次我還會來你們這裡買肉的啊。」

「來，三百元！」外婆將肉裝進袋子裡，遞給對方。只見那婦女臉色僵硬，僵持一會兒也沒有將袋子接過去，最後她怏怏的看向外婆一眼，丟下一句「不買了」，轉身離開。

媽媽似乎要上前勸外婆幾句，外婆卻一個擺手。「我們做生意有做生意的格，不能夠因小失大。客人有客人的要求，我們得有自己的堅持。」

我想起方才的婦女頭抬得老高，站得老遠用手指尖指著豬肉的模樣，忍不住插嘴。「對嘛，這種從澳洲來的客人才不用對她太客氣。」

「什麼是澳洲來的客人？」

「特別難搞的客人就叫做『奧客』啊！」我賣弄著從新聞上學到的用詞，外婆聽完也笑出來。

「不說這些事了，等下我們準備收攤。」外婆走到攤位前，割下一大塊豬肝。「今天就來吃個全豬大餐，有肉絲炒飯、蔥爆豬肉和紅燒排骨，再加上一大鍋的豬肝湯，把你們餵得飽飽的！」

雖然午餐是外婆提供，但真正下廚的是媽媽，爸爸則在一旁負責切肉。

「像這塊肉的分量大概是一斤，你用手掂掂看？以後客人要你切肉時，你大概就能拿捏他要的分量。」做菜時，媽媽也不忘傳授爸爸關於豬肉的基本知識，在廚房裡學以致用。「刀子要拿得平一點，從皮和肉中間輕輕劃過，這是切肉要掌握的基本技巧……」

爸爸似乎仍抓不到要領，媽媽乾脆讓爸爸先站在一旁，她拿起刀子輕鬆的將皮肉分離。看著媽媽行雲流水的動作，古人是「庖丁解牛」，今天我見識到「媽媽解豬」，刀工同樣是這麼出神入化。為什麼我敢肯定媽媽的刀工出神入化？因為對比爸爸切好的肉，不但大小不一，甚至切面還出現鋸齒狀，真是慘不忍睹。

媽媽將這些肉全丟入鍋裡炒，我負責擦桌子擺碗筷，將近下午一點外婆才從樓下上來。

解下圍裙的外婆像剛打完一場大戰的將軍，咕咚一聲坐下靠著椅背，過了會兒又笑笑的瞇起眼看向廚房。

我也坐到外婆身邊。「樓下都收好了嗎？」

「當然還沒，外婆只是稍微整理一下，等下吃飽飯還有工作。」

「不是把豬肉賣完就休息了嗎？」

「肉賣完了，還有豬腸沒處理啊。」外婆笑著向我解釋。

說到豬腸，就想起了我最愛吃的五更腸旺，那Q彈有勁的口感讓人吃完還會不斷舔嘴咂舌。嘶了嘶口水，我努力回憶一早上看到的畫面，卻滿是疑惑。「可是我沒有看到攤位上有賣豬肚和豬腸？」

「因為豬腸還要清洗，這部分比較費工，早上不可能賣這個，等下午處理完畢，賣給長期配合的小吃店，又是另一筆收入。」外婆邊說邊轉頭，對著廚房裡大喊。「下午和我一起到樓下，我教你們如何洗豬腸。」

看著外婆仍精神奕奕的模樣，我好奇的問：「那還要忙多久啊？」

「以往我一個人要忙到晚上五、六點，今天要教兩個新人，可能會更晚。士芬晚餐晚一點吃有沒有關係？」

我搖頭表示沒關係，但見到外婆嘴角的笑快咧到眼睛裡，仍然不明白——新手爸媽讓外婆變得更忙了，外婆為什麼比平常還要開心？

早上太早起床，下午我感到睏極了，原本只想瞇一下再下去看洗豬腸，沒想到一覺起來已經是傍晚，我三步併作兩步飛快下樓。

一樓裡瀰漫著一股臭味，有些像三天沒洗澡的騷味。我捏住鼻子，從樓梯間眺望穿著圍裙的外婆和爸媽在做什麼？

外婆灑了一大把鹽在水槽後，洗衣服似地搓揉浮在水面上的豬腸，一塊塊黃色的黏液紛紛像水泥漆般剝落。搓揉到一個段落，外婆拿出一根三十公分長的筷子往水面一滑，套入一條長長的豬腸中，就像套雨傘套般將豬腸往筷子頂端捋，直到豬腸的另一端也穿過筷尖，拿著筷子的手和抓豬腸的手同時往反方向拉，豬腸咻一聲「滑」出筷子外，豬腸翻面就漂亮的完成了。

外婆將筷子交給爸爸，媽媽竟然在一旁抿唇偷笑。「聰敏你來試試？」

爸爸接過筷子，學著外婆的模樣，慢慢沿著筷身拉豬腸，到準備要翻面時卻怎麼也翻不過去。爸爸漲紅臉，一副不知所措的模樣，外婆只是將筷子接了過來。

「第一次都是這樣，當初我嫁過來跟著做這工作時，還被豬腸和豬肚的味道薰到不敢進廚房，光是學翻豬腸就學了三個月，連做夢也夢見豬腸到處飛舞……」

聽著外婆的想當年，我往水槽裡瞄去，翻完的豬腸一條條被放進鍋子裡，只剩黃黃白白的物體浮在水面上，嘔吐物放了三天還沒清理的畫面頓時從腦海裡躍了出來。我趕快溜回樓上，就怕再多看幾眼它們晚上會來夢裡拜訪我呢！

經過翻豬腸的震撼教育，隔天一早我仍然不知道外婆和爸媽是幾點起床的，菜市場又隨著晨曦展開它充滿生命力的一天。

和昨天相比，我對紅通通的豬肉恐懼感已消滅不少，這得感謝萬惡的豬腸大魔王，那畫面和味道經歷過一次後簡直令人永生難忘。

「士芬，有空幫外婆去柑仔店買罐醬油嗎？」或許是發現我始終站在鐵架旁，外婆從抽屜裡抓了一張百元鈔票給我，還囑咐我：「妳認得我們『志鴻肉鋪』的招牌吧？柑仔店在五順路橋頭那邊，妳從右手邊這條路往前走，在路口左轉再右轉就到了。店門口有一個個透明箱子，賣很多糖果和各種豆子，妳和老闆講買八十五元的醬油，老闆就知道了。」

剛接過錢，媽媽卻緊張的攔住我，對外婆說：「媽，士芬很少一個人出門，不如我……」

「在市場裡面不會有事的，妳在她這個年紀已經是市場小霸王了。」

外婆拍了拍我肩膀，喊了聲：「快去！」

我在外婆的期待和媽媽的擔憂下走出店門，心裡暗暗有幾分雀躍，不免好奇的東張西望。

菜市場裡可不只賣菜，更是一場美食嘉年華，我化身成好鼻師，尋著香味一路前行，有剛從油鍋裡出爐油亮亮的蚵嗲，我已經能想像那一口咬下酥脆的咔滋聲；接著是散發綿密花生香的豆花，煮得軟爛的花生在嘴裡徘徊口齒留香；還有燒滾滾剛從鍋中撈起的魚丸，聽著那「試吃免費」的鼓吹聲我不由得心旌搖曳……。

我拚命抵抗沿路美食的誘惑，好不容易找到外婆說的柑仔店，口水又差點流了下來，外婆怎麼沒告訴我這裡賣著這麼多零食？有我最喜歡吃的柴魚糖，還有小熊軟糖、足球巧克力……

「小妹妹要買什麼？」

頭頂上傳來老闆的詢問，我嚥了嚥唾液。唉！還是趕快把醬油帶回去吧。

提著醬油回店裡時，一陣熟悉的語調忽然落在我的耳朵裡。

「老闆，我和你買這些龍眼的話，算一斤三十元就好啦！」是前幾天來店裡買肉的那位「澳洲客人」，她正站在水果攤前，邊從一束龍眼中拔下其中一顆，剝開後便往嘴裡塞。

「小姐我們有試吃的，攤位上那些是要賣的，妳這樣一拔我們怎麼賣給下一個客人？」攤主是位年輕小哥，他站在「龍眼一斤三十九元」的牌子前，兩條眉毛已微微皺攏。

「老闆那你說嘛，這樣子三十元可不可以？」婦女繼續不死心的追問。

年輕小哥將手指向攤位。「小姐妳要不要買剛才吃的那一串龍眼？不然就不要買算了！」

「做生意有你這種態度嗎！」婦女氣得回身就走，還不忘碎念。「年輕人學著怎麼做生意啦！你這樣生意會好嗎？」

年輕小哥滿不在乎的將頭撇向一邊，繼續整理攤位上的水果。令我驚訝的是「澳洲客人」竟然走到斜對面標著「龍眼一斤三十五元」的水果攤，又拿起一顆龍眼……

「老闆，我和你買這些龍眼的話，能不能算比較便宜？」

順利將醬油帶回店鋪後，阿琴姨看到後問我：「今仔日要煮啥？甘有阿婆的份？」

面對阿琴姨的自來熟，我害羞得不知如何回答，倒是外婆很快的插入一句：「中晝吃滷肉，留給妳最大塊的！」

我正想和外婆說上剛才發生的事，從冷凍庫裡鑽出的爸爸大喊：

「媽，裡面也沒豬腳了！」

外婆瞄了一眼鋪面，跟著望去的我也發現攤位上的肉幾乎快空空如也，這時聽見外婆對著外頭客人說：「等我一下！」

說完，外婆走出店門口，竟然往斜對面的「敵陣」朝富肉鋪走去。只見外婆和老闆打了聲招呼，就從攤位上抓了一隻豬腳走回來，叫媽媽秤給客人。原來菜市場不僅可以借菜，還可以借豬腳的嗎?!

「他們家的肉和我們家的來自同一間養豬場，品質沒問題的。」

聽見外婆正在和客人解釋，我趕緊拉扯媽媽的衣角，問道：「外婆說得這麼直接，萬一對面賣得比我們便宜，以後客人會不會跑走？」

「不會，而且外婆這招很高招。」爸爸關上冷凍庫的門後，湊到我和媽媽身邊。「還記不記得以前去遊樂園玩的路上我和妳說過，想吃肯德基的話，就先找麥當勞在哪裡？」

現在是在討論店裡的危機，為什麼問題焦點忽然跳到了速食店？爸爸的思維總讓我無法理解。「那次不是在開玩笑嗎？」

「肯德基其實很聰明的，它總是等麥當勞在某個地點設立門市一段時間後，觀察評估麥當勞的營運是否成功，再於麥當勞的隔壁開店，就可以省下發展所需要消耗的相關風險成本。這就是肯德基的老二哲學。」爸爸一講起他擅長的經濟學就變得眉飛色舞，我聽得似懂非懂。「肯德基成功開店後，它和麥當勞賣的產品差不多，而這一區有二大品牌可做選擇，消費者會知道『要吃速食來這裡就對了』，這樣無論是肯德基或麥當勞都會賺到另一波人潮。」

「所以你是說……我們肉鋪和朝富肉鋪，就像麥當勞和肯德基的關係？」我努力捕捉爸爸的意思。「就算開在一起人變多了，但雙方提供的產品一樣，對方的價格卻更便宜，我們的客人不會被搶走嗎？」

「那就要提到麥當勞和另一家競爭對手漢堡王了。」爸爸又在說速食店了。「有一次漢堡王在臉書公告，六天內只要憑著麥當勞當日套餐發票，就能到漢堡王免費兌換一個漢堡……」

「哇！這是自殺攻擊！」我立刻驚呼出聲。

「可是漢堡王的知名度因此大大提升。要是我沒和妳說這件事的話，在妳心中的速食店只有麥當勞和肯德基吧？」

我點點頭，但還是忍不住問：「那它們和我們有什麼關連？」

爸爸露出得意的笑容。「今天外婆告訴客人，對面的肉鋪也提供一樣的產品，在消費者心中想的可能是『原來我在這裡買的肉，和生意這麼好的肉鋪是相同的』，也有可能覺得我們很誠實，並不會隨便攻擊抹黑同業……。其實豬肉都有固定的公告價格，差也差不了幾塊錢，而且我們賣給消費者的——是一種更重要的安心感。」

「唉呦！我哪有你說的這麼厲害。」外婆不知什麼時候送走客人，竟然聽我們討論完一輪速食店。「我做生意也沒想這麼多，我想的是：自己好，不一定別人就要差啊！」

比起爸爸說這麼多，外婆的這一句話讓我眼睛亮了！

第 4 章

第一份打工

今天我們的豬肉賣得特別好，將近十一點半時桌面幾乎悉數清空，外婆乾脆脫下圍裙將手洗淨，對著爸媽說：「我帶士芬去市場溜達溜達，等我們回來就收攤。」

出了店門後，外婆看上去心情很好。「我帶妳去認識鄰居，記得等下要大聲的打招呼。」

我和外婆很快到了第一站——朝富肉鋪。

「來，叫阿榮叔！」外婆將一把零錢擺在鋪面上。「這是我查某孫士芬，下回換伊來這借豬腳！」

站在攤位前的高大中年人抬起頭，我被他右臂上栩栩如生的青龍刺青嚇一跳，趕緊大喊：「阿榮叔好！」

「豬腳成本價就好，這麼多錢我不收！」阿榮叔動作霸氣的挑出三十元退回，臉上卻是憨厚的笑容。「秀蓮姨好命囉！帶查某孫踅街。」

外婆微笑揮別阿榮叔，繼續往前走，我們邊走邊聊天。

「外婆，傳統市場一直這麼熱鬧嗎？」

「這就叫熱鬧啊？和以前比起來差多囉。」外婆含笑說道：「以前菜市場的早上是人擠人，連一隻蒼蠅飛進來，也會被滿滿的人擠扁。哪像現在，可以這樣悠閒的逛街？」

我往前後左右看了看，明明不少人啊！「真的是這樣嗎？外婆妳說的太誇張了啦！」

「當然是這樣。以前我們攤位一天可以賣兩隻豬，現在剩下一天一隻，妳說這差別大不大？」

「那人都跑哪去了？」

「可能都到超市或大賣場了吧？年輕人都不太愛來我們這裡，傳統市場生意越來越難做了。」

才說著，我們就來到早上時讓我不斷吞口水的炸粿攤前。

外婆挑選著桌上擺著的幾盤炸粿組合。「這一攤早上六點剛炸起來的炸粿最好吃，每次剛炸完就賣光了。難得現在還有剩，我們買一盤回去好了。」

我忍不住點點頭，但老闆似乎不在攤位上，不知道跑哪裡去了？

外婆將五十元放在桌上，對著隔壁喊道：「妳等下告訴老闆娘，我錢放在桌上。」

隔壁正在整理蔬菜的阿姨忽然抬起頭來，回應外婆。「沒問題！」

「這樣真的就可以了嗎？」我看著隔壁阿姨神態自若的走到攤位前，將五十元收進自己口袋，不由得憂心忡忡，萬一隔壁阿姨沒有把錢轉交給老闆呢？

「不用擔心，菜市場裡相識十幾年的左鄰右舍會互相幫忙顧攤，否則怎麼做長久生意？」

聽外婆這麼說，我忽然想到舊家的鄰居應該不曉得我們已搬離公寓了吧？明明在那裡住了好多年，卻連對面鄰居的名字也叫不出來……

接著我們鑽進市場中的小路，原來那些低矮的平房裡沒有住人，而是為藏身其中的商家遮風蔽雨，白熾燈懸掛在鐵皮屋頂上，像倏然亮起的銀河，為人們指引來來去去的路程。

左彎右拐，在市場裡竟然出現了一座小廟，黃色燈籠上寫著「福興宮」三個大大的紅字，在神龕裡安座一尊身穿金袍、臉色黝黑、留著數綹黑色長鬚的神明，看起來格外威風神氣。香爐前有幾炷香正焚煙裊裊，似乎時常有人前來祭拜。

外婆笑著問我。「妳猜猜這是誰？」

福興宮

「是土地公嗎？」我搜刮著腦袋裡記得的神明，覺得最有可能有自己一座小廟的就是土地公了。可是眼前的神像和土地公白鬚拄枴的形象完全不同啊？

「這是桓侯大帝。」外婆雙手合十，對著神明虔誠參拜。

「桓侯大帝是誰？」

「桓侯大帝就是張飛，福興宮也是全台灣唯一一座主祀張飛的廟宇。」外婆說到一半，又來考我。「桓侯大帝和我們的關係可大了，妳再猜猜為什麼？」

「我知道！因為張飛是三國著名的猛將，所以要拜祂！」我搶快回答後才湧出一陣尷尬，三國猛將如雲，這也不是非得要挑中張飛來拜的理由啊？

「福興宮蓋了有四十年囉。」外婆細細回憶起過往。「民國六十幾年北榮市場剛開市，大家覺得市場內必須有共同信仰凝聚共識，於是有錢出錢有力出力，一起興建這座福興宮。而《三國演義》中張飛在跟隨劉備起兵之前的職業是屠戶，北榮市場最早就是以販賣豬肉興起的，所以福興宮主祀張飛，這建議還是妳外公提的呢！」

外婆招手叫我過去，指著刻在牆壁上的建廟芳名碑的其中一處。「妳看，妳外公王志鴻的名字在這裡……」

牆壁已被長年興盛的香煙薰黑不少，外婆卻依然準確找出外公的名字，以及建廟時外公所做的點點滴滴。這座福興宮裡不僅有人對神的感激之情，也是人對人斷不了的眷戀。

離開福興宮後，每經過市場一處都會有人和外婆打招呼，偶爾外婆會停下來買東西，只見買薑送蔥，買豆皮送豆腐……，最誇張的是我們只買了幾顆蒜頭和一些九層塔，蒜頭攤的老闆娘就塞了兩大包花生糖在袋子裡，沒多久我手上已經拎了好幾個袋子。

我正琢磨外婆要用這些食材變出什麼好吃料理時，遠遠望見了一道熟悉身影——

「老闆，你龍眼賣我二十五元啦！算我便宜的話我多買一斤。」

「澳洲客人」正站在我早上經過的水果攤前，攤位前擺的「一斤三十五元」已經被劃個紅叉叉，寫上「一斤三十元」，卻還是擋不住對方的殺價攻勢。

攤位前的老闆一臉無奈。「好啦好啦，一斤二十五賣給妳，但這四斤妳都要買。」

婦人掏出錢，提起一大袋龍眼喜滋滋的離開，我忍不住和外婆說：

「我早上就看見她在這攤買水果了，所以她和老闆殺價了好幾個小時嗎？」

「她是早上來逛一次，中午再來逛一次。」外婆嘆了口氣。「她早上來是來確認各攤的價錢，看看哪一攤賣得最便宜；中午的時候來，是因為這時候大家都準備收攤，有些攤販不想帶太多庫存回去，就會將剩下的便宜賣出，她就是趁這個時候來買。」

我看了看那張「一斤三十元」的牌子，又轉頭看向另外一家水果攤，人潮相對冷清，牌子上仍標示「一斤三十九元」。我疑惑的問外婆：「我早上經過的時候，這家水果攤的龍眼就賣三十九元，為什麼老闆沒有想到價錢降低一點做促銷，就能吸引更多客人來買？」

外婆語重心長的說：「每個人做生意的方式不一樣。採用什麼樣的方法，就註定會留住什麼樣的客人。」

我正在細細品味這句話時，外婆牽著我的手逕自走向這一家水果攤。

「老闆，這龍眼怎麼賣？」

年輕小哥將正在搬的水果簍放至一旁，停下手邊的整理工作。「一斤三十九元，阿姨妳要買多少？」

「四斤好了。」外婆沒有殺價，便從口袋裡掏出錢來。「你是最近才來市場做生意的嗎？」

年輕小哥愣了一會兒，才回答。「是，剛來做兩個月。」

「辛苦了，要加油。」

從外婆手中接過兩張百元紙鈔，年輕小哥像是被什麼東西燙到一般，從零錢盒裡拿出六十元塞回外婆手裡。「我……我等下就要收攤了，龍眼收這樣就好了。」

當我們提著龍眼要走時，年輕小哥忽然大聲喊一句：「我賣的龍眼很好吃……下次你們要再來！」

過一段時間後，我才想到——「不對啊！剛才老闆是不是算錯錢了？龍眼一斤三十九元，四斤應該是一百五十六元，為什麼他找了六十元給我們？」

「老闆沒有算錯。」

雖然我不能理解外婆的話，但仍然仔細聆聽。

「在市場買東西，你買到多少價錢取決於你的人格，許多時候並不是客人挑店家，而是店家挑客人，可是很多人並不明白這個道理。」數十年來經歷過形形色色的客人，外婆的話聽起來格外有說服力。「在買東西之前，我們應該學著當個好客人。」

在外婆家度過的第一個暑假像腳踏車輪般快速轉動，不用補習的我像飛出籠子裡的小鳥，不知不覺我已逐漸適應早睡早起的生活，也了解為何過去總是很少見到外婆。

肉販的工時很長，從凌晨便開始工作，下午四、五點休息後，外婆還得為爸爸進行「業務檢討」。

「要當個合格的肉販，第一步要學的是拔骨，再來是學會分類各個部位。在這時期，常犯的錯誤是容易將部位搞混，最害怕的也是拔骨，因為容易出錯，想獨當一面大概還需要練個兩、三年。」外婆喝了一口水，說出今日觀察的評價。「拔骨一步步慢慢來，有心要學就一定會。」

而媽媽則是會將煮菜時要用的豬肉交給爸爸練習，比起剛開始的生澀，爸爸現在切豬肉乍看之下已有幾分名廚的架勢。

「爸你好厲害，都不會切到手！」

我稱讚的話才說完，爸爸的刀隨即一頓，下一刻手背立刻見血。幸好傷口不大，擦藥貼個OK繃就沒事了。

外婆又氣又好笑的看著我。「忘了和妳說，做我們這一行的有個忌諱，只要有人稱讚我們切肉都不會切到手，下一刻一定會見紅。所以妳下次可不要再稱讚妳爸爸，要不然他手上又要多幾道傷痕了。」

對一般人來說能稍微喘息的週末假期，卻是菜市場生意最興隆的時刻，我們最期待的日子反而成了禮拜一，因為市場固定週一休市，只有這一天全家能安穩的睡場大覺。

經過家裡兩個女人日夜特訓的爸爸，也終於開始站櫃台，只是仍免不了手忙腳亂——

「老闆，我要買兩斤梅花肉，幫我分成三塊，一塊要絞肉絲、一塊切片。對了！還要切一塊上排。」

爸爸磕磕絆絆的覆誦。「兩斤梅花肉，一塊絞肉絲一塊切片……」

「等等！我要切三塊不是兩塊啦！」

但我們的客人還算善良，多半會包容爸爸的「出槌」，只是遇到複雜的問題時，往往仍需要外婆登場。客人會如此信任外婆，並不是沒有原因的，因為外婆往往可以提供他們最佳的選擇。

「老闆娘，我孫子一直吵著要吃水餃，我聽人家說包水餃要用兩斤梅花肉加一斤豬油，是這樣嗎？」

「外面市場賣的冷凍水餃為了節省成本都是用後腿肉，但吃起來肉比較澀，所以有人會說自己吃的就買高級的梅花肉來包。但是梅花肉也沒什麼油，又比較貴，算起來還不如買胛心肉——」外婆像開藥單似的，直接對症下藥。「胛心肉在豬的前腿和肩里肌之間，這部分有油脂但又不會太肥，再加點豬油下去一起絞，水餃吃起來就不會乾澀……」

或許是現代人越來越喜歡自己動手做料理，加上愛吃國產豬肉，豬肉攤的生意也蒸蒸日上，我甚至接下了人生中的第一份打工——豬肉外送員。

剛開始外婆提議要我幫忙送東西時，媽媽第一個跳出來反對，卻被我的一番發言給說服了。

「妳看看你們這麼忙，要顧攤要切肉還要分裝。老師常說要幫爸媽分擔家事，我也想要為我們家做一點事啊！」

其實我說這話時心裡邊打著鼓，如果要幫忙的話就要摸豬肉了吧？平常我連史萊姆都不太敢玩，一想到豬肉那軟軟黏黏的觸感，手心就有些發麻。但一整個暑假只待在家裡實在太無聊了，送外送還能順便逛菜市場呢！

為了我的外送大業，昨天下午我已經把外婆的愛車「小芬」擦得亮晶晶的，準備帶著它出去大展身手。

「小芬」是外婆用來外送的淑女車，粉紅色的車身已經有幾處落漆，但仍然「老當益壯」。據說我還沒來之前，外婆下午時會騎著它去送豬肉，它可是陪伴外婆征戰過許多路程，如今這項重責大任就落在我身上了。

我從外婆手中接過一大包沉甸甸的排骨和兩包豬肉，放在腳踏車前置的大菜籃裡，便出差去了。這些豬肉要外送到市場裡的小吃攤或麵攤，距離不算太遠，這也是外婆放心讓我外送的原因，而我從外婆列出的外送名單中，竟然聽到了鼎鼎有名的「一中街紅茶香腸攤」，這間可是前陣子網路爆紅的三十年老店耶！

外婆顯然沒跟上網路流行，用一副很平常的口吻回應我的大驚小怪。

「是啊，這是我們的老客戶，從剛開店就和我們買香腸了，不過我送貨去的時候，他都是請我們吃花枝丸啦。這家距離太遠，下午過後再叫妳爸爸送去。」

天啊！我去一中街時曾吵著要爸爸買這家的香腸，據說它的香腸有種特殊的銷魂滋味，讓人一吃就上癮，原來這是我們家的產品！身為「原料供應商」的我們，是不是也該做點行銷，就能像香腸攤一樣爆紅呢？

騎著「小芬」穿梭在市場巷弄裡，我才慢慢熟悉這個地方。

北榮市場的攤位大部分集中在柳川的西側，福興宮是整座市場的中心，以五順街和五義街為主要幹道，買菜人潮多半聚集於此。但熟悉門路的買菜客便知道，兩條路相夾的大片鐵皮建築裡，有通往四面八方的小路和各家深藏不露的攤販，即使沒有華美的裝潢，客人也絡繹不絕的上門。

例如面向柳川有家規模很大的魚攤，各式海鮮幾乎佔據四分之一條的馬路，一簍簍的放在路邊任人挑選，老闆常當場上演「殺魚秀」，從水箱中撈起活生生的鱸魚再到宰殺，過程不到五分鐘，鱗片在刮刀刷動下紛飛如雪，時常吸引初來乍到的買菜族目光。

整個北榮市場裡最好吃的魚卻不是這一攤，而是藏在市場遊客鮮少經過的小路裡，店面只有一點五公尺寬、攤位上只擺著幾條魚的魚攤。

偶爾外婆會叫我來這裡帶幾條魚回去，第一次來時我滿腹納悶：這家店這麼小又開在沒人潮的地方，生意會好嗎？外婆為什麼不選另一家？馬路旁那家賣的可是現宰的鮮魚啊！

更神奇的是當我一說是肉攤秀蓮的孫女，老闆便到後頭倉庫挑了幾條魚，叫我帶回去，回到家後我問外婆這些是什麼魚，外婆說她也不知道？

「我在魚攤買了很多年嘍，只要和阿英說想吃魚，再說明是要肉軟一點的或骨頭少一點的，他都會幫你挑好，接著把魚吃下肚就好了。」

「就這麼簡單？」

「只要魚夠新鮮，煎炒煮紅燒怎麼料理都好吃。」

聽起來這麼隨便，外婆該不會被賣魚的騙了吧？我趕緊說：「可是……馬路旁有一家更大攤的，賣的魚好像也不錯？」

「這樣啊。」外婆看著我若有所思好一會兒，才笑瞇瞇的說：「好啊，那妳下次去那攤買條鱸魚回來。」

後來當然證明……外婆吃過的魚比我吃過的米還要多。下一次我又默默回到小路裡的魚攤買魚，也才撞見一件事。

整個北榮市場裡生意最好的魚攤就是英老闆的魚攤——它每次只擺幾條魚，是因為魚貨很快就賣光了；它不需開在大馬路旁，是因為生意已經好到忙不過來；它不用賣給過路客，因為它主要供應台中市區最高級的日本料理店。而老闆挑給外婆的魚，是當季最新鮮沒經由其他客人東挑西選過的第一手好貨。

論。

薑是老的辣，魚還是外婆挑的好吃。經過魚攤時我默默的記下這個結論。

還有每次總會塞東西給外婆的蒜頭攤老闆娘，他們的「蒜頭章」攤位在小巷內，攤位面積也只有我們家的一半，賣的就是蒜頭、辣椒、薑、洋蔥等辛香料，家庭主婦經過時，偶爾買個一、二百元便足夠一星期所需，這到底要怎麼賺錢呢？

後來我才知道，這小小的蒜頭攤供應著台中舊市區近百家餐廳佐料來源，他們每天要交貨的薑泥、蒜泥不知道就有幾百斤，根本是餐飲業的一顆小心臟，就在這小店裡充滿生氣的運轉著。

逐漸將市場摸熟後，也會發現一些熟面孔。其中一對來買菜的母女讓我印象深刻。

這對母女每個星期會出現兩次，固定來我們的肉攤買肉，每當她們出現時，阿琴姨或外婆總會熱情的說：「汪太太妳們又來囉？母女感情真好。」

「她早上不用上班，剛好有空啦！」汪太太客氣的回答。

汪太太習慣穿著一件棗紅色上衣，看起來像顆暖呼呼的桂圓，她的年紀似乎和外婆差不多，因為和外婆她們一樣頂著婆婆媽媽界最愛的捲捲泡麵頭；而汪太太的女兒高壯得像一座山，臉上表情也有些酷酷的不愛說話，當母親買菜時她便默默站在一旁。

「這些多少錢？」汪太太結帳的時候不像其他客人，總是要求減個幾元或送些東西，只要是外婆說的價錢，她二話不說隨即掏錢付清。

「我買東西不喜歡一家一家比，只要我信任這家的品質，就會固定在這裡買。所以我一和你們買，就買了這麼多年。」

「妳女兒也真好，每次都會載妳來買菜。」

「我說不用，她還一定要載我，我都怕她下午上班會沒精神。」

「免煩惱啦！少年人體力好。」

汪太太一來，總和外婆及阿琴姨有說不完的話，不管是討論買東西的心得或者是今日煮的菜餚，三人你一句我一句的，外婆甚至直接將工作交給爸媽，翹班聊天去。我看向站在一旁的汪太太女兒，大概是已習慣這種場景，沒有一絲不耐煩的神色。

大約挑挑揀揀二十分鐘，汪太太走到阿琴姨的菜攤，將買完的肉和菜放在菜攤的架子上，隨即牽著女兒的手，揚長而去。我雙眼直盯著那一大包「遺失物」，外婆她們卻像見怪不怪，繼續工作。

直到將近十一點時，一輛機車噠噠而來，停在攤位前，才發現汪太太母女回來了。

「今仔日踅較久哦？買這呢多？」阿琴姨笑呵呵問著，只見進來提菜的女兒靦腆點了個頭，將菜塞至機車前座的紙箱裡，紙箱早已滿滿鼓起。

原來汪太太是將買好的食材寄放在各家攤位上，最後再一次性載走，這可是VIP顧客才有的菜市場隱藏版福利。

汪太太接起話尾。「等下還要去買個薑絲，我想中午煮道鮮魚薑絲湯好了。」

「等等！」外婆忽然開口，走至攤位前。「我切一塊豬肝給妳，妳中午帶回去煮湯。」

外婆不是最不喜歡免費送東西這件事嗎？為什麼汪太太還沒開口，就自動割下一塊豬肝？

汪太太笑盈盈的收下豬肝，放入籃子裡跨上機車後座，汪太太的女兒回頭拉著媽媽的手，確認媽媽抱緊自己的腰後才發動機車。

等到汪太太離開，我正準備要問外婆剛才豬肝的事，卻聽到阿琴姨喃喃的說：「妳看，這對母女感情哪會這呢好？」

「是啊。」外婆看著眼神仍痴痴凝視前方的阿琴姨，又回頭望向正在攤前工作的媽媽。

「有女兒的陪伴，真好。」

第 5 章

上國中了

如果要說小學和國中的不同，那就是國中多了新生體驗營。聽說明堯的體驗營和其他學校的新生訓練不太一樣，是所有同學要在校內展開為期三天的集宿，藉此認識學校、親近同學，這應該也是我第一次脫離爸媽在外地過夜——雖然只有隔著兩條街的距離。

媽媽還是一貫擔心的姿態，除了通知單上寫的要攜帶盥洗用具、換洗衣物和寢具外，連我的睡襪和小抱枕也一併準備好了，還不斷嘮叨著是不是有什麼沒帶。

爸爸倒是鎮定的不發一語，但我可不敢去和他說話，因為這個大男人的眼眶分明變紅了嘛！

最看得開的非外婆莫屬，她只準備了一句俗諺給我：「豬肉無炸，𣍐出油。」

「以前的人都把肥豬肉切成一塊塊，丟下鍋炸出豬油來炒菜。肥豬肉沒有經過高溫油炸，就永遠是軟QQ的，也不能逼出其中的豬油。」說到和豬相關的事，外婆總是滿肚子學問。「可是那豬油，才是真正的精華呢！」

雖然上鄉土課時常在恍神，但是說到國文可是我的拿手科目，聰明如我當然能舉一反三。「這是不是和『未經一番寒徹骨，焉得梅花撲鼻香』同樣的意思？」

外婆愣了一會兒，才呵呵笑起。「士芬怎麼這麼聰明？比外婆還厲害了。」

早上六點，我咕咚一聲跳下床梳洗完畢後，店裡已進入忙碌的高峰期，我開心的和家人揮手道別，慢悠悠走去學校。

明堯只離我家兩百公尺遠，穿過大馬路，繞進全聯右側的文化街，沿著兩側綠蔭茂密的路樹前行，就能看見逐漸展開的明堯中學，成ㄇ字形的三棟白色建築在豔陽下閃耀著，大門前「明堯中學」四個大字彷彿也鍍上一層金光。

明堯每年的升學率可不是蓋的，能進入其中就讀便等於提前預約中部高中的前三志願，甚至於將來還能上台大陽明等星光熠熠的大學名校，否則每年哪會有這麼多人擠破頭來考呢？

似乎來得有些早，我成了第一個到禮堂報到的學生，只得在一旁盯著腳上的運動鞋發呆。

「嗨！妳也這麼早來嗎？」

腳前出現了一道陰影，當我抬起頭時，一張綁著丸子頭的燦爛笑臉落入眼簾。「妳好，我叫李佳淇，妳從哪裡來的？」

「從……台中？」這是什麼怪問題？

我的新朋友誇張的嘆了口氣。「真好！我家也在台中啦，可是在很遠的台中，從我家來到明堯快要四十分鐘。」

「那妳幾點起床的？」

「六點吧？我這幾天好不容易將作息調整成早睡早起……」有了李佳淇和我一起吱吱喳喳，感覺時間過得特別快，陸陸續續開始有新生前來報到，直到值星官在演講台上用力吹哨，我才和新朋友話別，連忙溜回自己的隊伍中。

「歡迎各位同學前來參加明堯的新生體驗營，很多人只知道明堯是一所歷史悠久的學校，但除了成績之外，我們也注重同學們的品行和其他層面的發展，來明堯並不是只有死讀書而已……」

值星官賣力介紹著明堯的各種特色，我的心早已有些飄飄然四處打量，雖然禮堂看起來老舊了些，不過沒關係，因為這裡是明堯嘛！

演說結束後，便是各營隊的活動時間，隊輔老師們各自將隊伍帶開，進行明堯的校園巡禮。在隊伍眾人肩並肩行走下，原本互不熟悉的同學之間開始傳出窸窣的說話聲，當老師宣布要玩大地遊戲時，更是引來一陣高聲歡呼。

「各位同學，要注意我們玩遊戲不是為了勝負，而是從中了解到互助的重要，所以請友善對待和你同一隊的同學。」

老師哨音一響，四個小隊各就各位。每個隊員頭上皆戴著籃子，第一棒要先將乒乓球投入籃中，投進後換下一個隊員接力上場……

「加油——加油——」還沒上場的隊員們齊心協力在場下為自己的隊伍吶喊。

我們這隊原本處於領先，沒想到三號隊員上場後竟然同手同腳，每次都漏接隊友投來的乒乓球，眼見我們落居下風，我生氣的吼叫：

「快點！快點！拜託，葉承宇你到底會不會接球啊？我們最後一名了啦！」

肩膀忽然被人拍了一下，一轉頭竟然是老師站在我身邊。

「士芬，隊友被妳嚇到囉。」

我順著老師的目光望去，果然看見三號隊員的臉色刷白一片，一副快哭出來的模樣。

「妳這樣對他說……」老師附在耳邊，悄悄告訴我。

我臉紅了一下，但下一刻便張嘴大喊。「頭頂碗公！接球成功！快，救一球！」

場上氣氛被我這麼一搗亂，有人噗哧一聲笑出來，葉承宇的臉上也露出笑容，下一球竟然穩穩接進籃內。

「好耶！換我！」我立刻衝上場去，大顯身手……

第一天和一群剛認識的同學夜宿在操場上，雖然沒有像戲劇裡演的天空繁星點點，但每個人的眼眸比星星還要閃亮。

老師似乎也預料到大家會比較晚睡，第二天活動展開的時間比較晚，活動多半和明堯的特色課程相結合，例如學校有「一人一藝文」的特色課程，學生可以自由選擇學樂器、書法，甚至要學古典舞也行，期末還會來場全校發表會。光是走馬看花，每項接觸一下，就可以讓我們玩上一整天。

晚上在操場圍著營火進行夜宿長談時，我的頭一點一點的磕在膝蓋上，這時有人推了我肩膀一下。

一塊包裝講究的巧克力遞至眼前，而那隻手的主人不敢正眼看我，只吶吶的說：「請妳吃。」

我不客氣的接過禮物左瞧右看，這可是外國大牌子！比我在市場裡買的足球巧克力精美多了。「葉承宇，謝謝你。你應該沒在記恨玩大地遊戲時我罵你的事吧？」

「才沒有。」像是想趕快跳過這一段羞恥的歷史，葉承宇催促我趕快吃巧克力。「我剛才已經把巧克力發給所有隊員，這個牌子是我爸代理的，你們想吃的話我以後再帶一些來。」

「你爸也太好了吧！」另外一個同學湊上前來，邊咬著巧克力邊抱怨。「我爸是工程師，都在新竹上班，要等他買東西回來都要好久，不過這次我來報到時，他送我這雙球鞋——」

同學們紛紛圍攏過來。

「這是X牌的紀念版球鞋吧，一雙大概要一萬多？你爸對你真好，我這雙才六千元而已。」

「我本來也想買這雙，我爸卻不買給我。他明明自己開診所賺很多，都沒像你們爸媽這麼大方。」

有關爸媽的話題討論得像營火一樣猛然燃燒起來，我不自主的往後縮，腳趾用力蜷曲著。我的運動鞋也是名牌沒錯……但這是我們家還沒「落魄」之前買的，算起來也穿了快一年，不像同學們的鞋子新得發亮……

「那你爸是做什麼的？」

「我爸……我爸是在菜市場賣豬肉的。」我抱緊自己膝蓋，不敢抬頭。

「哈哈哈，賣豬肉的也太搞笑了吧？」

「妳該不會也在肉攤前拿著兩條豬肉晃來晃去吧？怎麼辦我笑到流淚了。」

想到等下說不定這幀畫面就要出現，我霍然起身！將所有同學嚇了一大跳。

「我……」看著同學們投來的疑惑眼光，我清了清喉嚨鎮定的說：「我去上廁所，等下就回來。」

我用力咬著內唇，故意踢出噠噠的歡快腳步聲，一定沒有人看見我臉上快要掉下的淚水……淚水放肆滑落至臉頰、嘴角，和巧克力的味道混在一起。

好苦。好苦。

我不曉得自己最後一天是怎麼度過的，和葉承宇他們道別時反而有些慶幸。雖然在同一營隊，這些同學在開學後卻不見得會和我編到同一班，到時應該不會有人再問我有關爸媽的事……

這份慶幸才持續沒多久，就在走出校門那一刻，我的心情重新墜回地獄裡。

從校門口沿伸出去，一輛輛轎車停在路旁等著接送自己的孩子，瑪莎拉蒂、藍寶堅尼……裡面最不起眼的還是黑頭賓士，就像名車大賞一般，就連路人無不投去欽羨的目光。我背著背包怔忡站在原地，這個時間爸媽還忙著工作吧？記得我們家的車也好久沒洗了？

我忍住眼眶裡的濕意，看著同學們開心的上車、轎車一輛輛駛離……，等到路樹安慰似的落下一片葉子在我肩膀上，我才抬起腳跟，沉重走向那條很長很長的回家路……

從新生體驗營回來後，我整個人似乎有些不對勁。

我開始覺得早上的菜市場很吵。一大早貨車低沉的引擎聲便開始擾人清夢，接著逐漸是湧現的人潮和攤販的叫賣聲，還有不時穿梭其中的摩托車噗噗排放出黑氣，薰得人心情都變糟了；想出去透透氣，便會發現路上滿地的菜葉和垃圾，甚至於我曾在作文紙上虛構過的外婆家「米奇」，也肆無忌憚的從一處水溝蓋上鑽進另一處水溝。

就連一向讓我嘴饞的炸粿也失去它獨特的吸引力，我只想著那是不是用回鍋油炸的？萬一我變胖了，開學後同學會不會笑我？

騎車出去送貨時我也會忿忿不平的想，還有哪家小孩像我一樣必須幫忙家裡工作？要做多久才換得到我腳上的一雙運動鞋？我什麼時候可以買新鞋子？

更可怕的是我聞到爸爸身上有一股腥味，那是種食物腐敗後發酵的味道，就算洗了澡好像也無法去除乾淨，每當爸爸靠近，我總是找理由迅速逃離。

星期一正式開學當天，我和爸媽終於爆發嚴重衝突。

「我就說我自己到學校就好了，你們很煩耶！」

「今天市場休市，我們剛好可以送妳到學校，爸媽都還沒陪妳去過明堯……」

「那你們自己找時間去啊！」

我將書包用力往背後一甩，發出砰一聲巨響。「我上學要遲到了不要跟過來，你們在家好好休息啦！」

不顧身後呼喚，我頭也不回的跑出家門，直到胸腔快喘不過氣來才停下。

沒有關係，我會在明堯過得很好。只要沒有人知道我家在哪裡、爸媽職業是什麼，我一定可以交到許多朋友。

我低頭審視身上的天青色制服，想為自己找回些信心。這不是我夢寐以求的校服嗎？可是為什麼穿在身上時，沒有想像中應該飄到雲端的感覺，只有一顆心不斷的往下墜，它似乎在說著：我就是一件制服。一件平凡的制服而已。

到了學校我打起十二萬分精神，試圖融入即將要相處三年的新班級裡，幸好除了葉承宇外，班上沒有其他在營隊裡認識的同學，他和我打招呼時我還特地撇開頭，這樣就能減少幾分被追問爸媽職業的機會。自我介紹時我也小心翼翼藏起任何可能引發追問的線索，對於自己的表現我打了九十五分。

開學第一天沒什麼大事，連老師們上課時也和顏悅色，只是發下一些回家後必須交付家長的通知單，就仁慈的宣布放學。我藉口還要收書包，等到同學們離開後才走出教室，還在樓梯間上上下下好一陣子，直到校門口的人車幾乎少得快看不見時，趁此時機我趕緊回家。

但如果每天要這樣子像間諜般出沒實在太累了，總有一日同學會注意到我的異常。想起今天學校發下的社團勾選表，我心裡立即浮現一個主意。

「我想參加古典舞社。」吃晚餐時，我將勾選單放在桌上，用「我一定要參加」的肯定語氣對爸媽說話。

媽媽接過單子，眉頭鎖得死緊。「光是社團費就要五千六，還不包括訂做舞衣和舞鞋，妳知道這樣花下來要多少錢？」

「才五千六。」我在心裡偷偷說著，別人隨便一雙球鞋就六千元了呢。

「那上了社團後，妳課後的補習要不要上？數學、英文是不是就不用補了？」

聽媽媽這麼說，我急著插嘴：「當然要補！要不然怎麼跟得上同學？」

「妳要上這麼多課，有想過自己的時間要如何分配規畫嗎？讀書計畫表做出來了嗎？還有……」媽媽的話像一根針，用力戳向我心中那顆不斷膨脹的虛榮氣球。

我雙手猛然拍向桌面，朝媽媽大吼——「反正妳就是沒錢讓我上課！反正我們家就是窮！」

砰！氣球爆了。

在爭吵的煙硝中，我看見媽媽斗大的淚珠一顆顆如急雨般迅速滑落，落在桌面敲出一首不成音調的曲子，還伴著隱隱的啜泣聲。

「張士芬妳以為我們這麼辛苦是為了誰！」爸爸生氣的對我大罵。「是！都是我沒用，才讓妳住在外婆家，才讓妳上明堯也上得不開心，妳以後要做什麼都隨便妳！」

爸爸扶著呼吸急促的媽媽走回房間，剩下我坐在餐桌前，我想上前，卻被爸爸冷漠的目光釘在原處。

這時頭頂傳來一道聲音。「士芬妳告訴外婆，妳是真的想參加古典舞社嗎？如果妳真的喜歡，外婆出錢讓妳參加。」

聽到外婆這麼說，我頓時哇一聲哭出來。「我不喜歡……我什麼都不想參加……」

哭了一陣子後，我無力的趴在桌上，沒想到外婆還在一旁陪著我。

「士芬，妳還記得樓下那台絞肉機嗎？」

我點點頭。我記得第一天剛搬來外婆家時，便對在樑柱旁的那台機器感到好奇，它上頭頂著個大盤子，看起來就像座炮臺，還有一根長長的炮管。

「肉攤裡最危險的不是刀子，而是絞肉機。」我聽著外婆的聲音，逐漸入神。「妳不會去碰刀子，因為妳知道刀子尖銳可怕，摸了會受傷。絞肉機看起來沒有像刀子那麼鋒利，但當妳的手指一不小心被絞肉機捲入，那比刀子更容易截斷手指。」

「妳對妳爸媽說的那些話就像絞肉機一樣，只是絞的不是手指，而是他們的心。他們為了妳搬家，為了妳換工作，妳卻只看到不足的那一面，忽視他們的付出。」

聽到這句話，我慚愧的低下頭。比起使用鋒利的刀子，我用的是更可怕的炮彈，而且還是將爸媽的愛填塞至絞肉機中，悉數絞碎後再發射傷人，

我怎麼會如此傷害爸媽？

「外婆對不起，我不是故意的。」我在外婆懷裡抽抽搭搭起來，眼眶裡落下的淚水彷彿有燙人的餘溫，一顆顆灼傷了我自己。

外婆輕拍我的背，安慰我。「幸好當爸媽的心臟都很堅強，妳現在還有機會去和他們道歉，好好的說清楚這件事。要記住，這世界上不是什麼氣話都可以說出口的。」

這件事最後以我向爸媽道歉而落幕，但我內心清楚知道這一次的爭吵，在我們之間劃下一道深深的傷痕。這道傷口只是暫時止血，但有朝一日它還是會被撕開，屆時鮮血又會汩汩流出。

我曾期待的一切，好像都蒙上一層黯黑的灰燼。

但在學校裡，我依然開朗快樂，我融入團體裡，試著忘記和別人的不一樣，也試著忘記沒有人會來接我放學。只是當我踏上一個人的歸途，那種沒人理解的寂寞總漸漸襲上心頭。

「嗨！又見面了。張士芬妳還記得我嗎？」

聽到有人打招呼，沿途低頭走路的我直覺地抬起頭來。

那丸子頭像米奇的兩隻耳朵般惹人注目，看清楚來人後，我強作鎮靜瞄了一眼手錶，再慢悠悠的說：「已經過放學時間這麼久，李佳淇妳怎麼還在這裡？」

「我今天在學校圖書館裡畫圖畫得太久，一下子忘了時間錯過公車。唉，才差五分鐘，我的下一班公車竟然要三十分鐘後才會到，妳說誇不誇張？」李佳淇邊說邊做出苦哈哈的表情，我差點笑了出來。

「妳每天都搭公車來嗎？」

「對啊，那妳呢？」

「我……」我望了一眼就在對面的家，外頭還看得見已收拾整齊的肉攤，卻怎麼也說不出口我是走路上學放學的。

「要搭四十分鐘的公車真的好遠，我每天都在公車上夢周公，還有一次差點坐過站，還是鄰座阿姨認出我的制服把我搖醒的，真是丟臉死了。」幸好李佳淇沒有繼續追問我的答案，而是自顧自往下說。「上課時我幾乎都會打瞌睡，而且每天還有一堆考試，看來真的要好好考慮下學期考回潭子的公立國中美術班——本來我就沒這麼想讀明堯。」

「妳不想讀明堯？」這種不可思議的發言，和中千萬樂透彩後丟進水裡沒有兩樣。我低頭看了看自己的天青色制服，又看了看李佳淇的。「妳不覺得考上明堯是一件很厲害的事嗎？很多人擠破頭也進不來耶！」

「是這樣啊？」

「對啊，我從小四就開始補習，有的同學還從三年級就開始了，要考進明堯只有百分之六的機率……」我邊說邊望著李佳淇的表情，她似乎是第一次知道這些「常識」，聽到後來才露出恍然大悟的表情。我實在忍不住了，決定問她：「妳難道不是考進來的嗎？還是妳沒有補習？」

出乎意料的，李佳淇竟然搖頭。「我來報考時拿著全國美展第三名的獎狀過來，就錄取了。」

看起來大剌剌的李佳淇居然是個畫畫高手，別人是有眼不識泰山，我簡直是有眼不識台灣玉山！

「我原本要讀公立美術班，但是我爸說明堯的美術班不錯，而且學校又這麼有名，就叫我來考，考上後才發現沒錢讓我坐校車。我爸媽只是在工廠當員工，為了讓我來明堯，他們每天省吃儉用，我坐公車也算是幫他們省錢。」李佳淇側臉望向馬路遠端小如黑點的公車，夕陽餘暉正好照亮她的臉龐。「可是我發現，明堯可能不是最適合我的學校。」

我腦海已被這些話攪成漿糊，竟無法理解和我同年級的人在說什麼。

「我喜歡畫畫，才會報考美術班，可是進來後發現明堯美術班裡教的東西不是我想學的，每週也不過是多了一兩節美術課。我學畫的畫室裡有好幾個同學是讀公立美術班的，每次聊天我都好羨慕他們，他們學的那些才是我想要的。」

聽著李佳淇說出就讀明堯的苦惱，再想起前陣子激烈抗議爸媽想將我送進公立國中的事，我這才發現自己的幼稚。我想讀明堯，只是因為補習班老師說明堯環境師資各項皆好，卻從沒想過明堯究竟適不適合我？我想在明堯裡學到些什麼？

我正沉浸在對於自己的深刻反思中，遠方小如黑點的公車已逐漸放大，當公車緩緩駛向站牌，李佳淇和我揮手道別，跳上車時忽然扭頭對我說：「謝謝妳陪我聊天，將來我會成為全台灣最厲害的畫家！」

我看著這樣的李佳淇，好想往她腦袋瓜貼上「帥氣」、「厲害」、「大師」等各種標籤，最令我心潮澎湃的是，她能如此坦然的說出自己的煩惱和故事。

我是不是也可以這樣？自然大方的和所有人介紹我的家！

第 6 章

市場之旅

自從和李佳淇有了那次站牌下的交流，我才知道她讀的是美術班，而我們兩班剛好在同一時間毗鄰上課。兩節綜合課中間的下課時間，我們就像兩隻小倉鼠聚在一起，吱吱喳喳分享班級趣事。

綜合課是所有學生又愛又恨的一堂課——當課程上到結繩和野外求生時是歡呼的天堂，進入要縫補枕頭套或鈕釦的考驗時就是悲嘆的地獄。誰說女生比較賢慧、手比較巧？明明做著同樣穿針引線的步驟，為什麼別的同學縫得筆直精巧，我卻縫出一條像被狗啃過歪歪斜斜的花邊？

「天啊！我真的不想再上綜合課了，這是什麼惡魔的考驗？」

倚在女兒牆上我甩甩自己堪稱「一級殘障」的手，指尖已經不知被針戳出多少小孔，明明如此努力誠心，卻換來一件比畢卡索抽象畫還藝術的枕頭套，要是我真的抱著它一起入眠，晚上絕對會被嚇醒的吧？

「可是我覺得綜合課滿有趣的。」李佳淇靠近我，神祕兮兮的說。「聽說學期中間還會有神祕考驗。」

「那是什麼？」

「我不知道。學姐只這樣和我說，還說這是明堯的傳統，那天會和時間賽跑，跑贏的人才是最後贏家。」

「該不會又有什麼新的整人花樣了吧？」我發出痛苦的哀嚎，內心卻隱隱期待。

驚喜來得如此之快。

就在月考完不久，老師在綜合課上向我們說了一件事。

「老師以前剛到學校任教時，總是認為我們的學生很優秀很聰明，你們自己也是這麼認為吧？」看著台下學生如小雞啄米般點頭，老師露出神祕莫測的笑意。「直到有一次吃午餐後，發下水果橘子，有學生拿著橘子跑來問我這是什麼？發問的是我們班的班長，平時溫和有禮，也不會隨便惡作劇。我告訴她這是橘子，你們猜班長說什麼？」

這又是什麼考題嗎？同學們你看我、我看你，沒有一個敢回答。

「班長恍然大悟，她認真的對我說：『老師，我們家的橘子不是長這樣，它長一瓣一瓣的。』」

教室裡安靜三秒，接著爆出快掀翻屋頂的笑聲，老師也沒有制止，只是在全班笑完後再度開口。

「你們覺得很好笑，但這是一則真實事件，把橘子換成其他日常食物，你們也許也會鬧出和班長一樣的笑話。」老師丟出下一個問題。「你們都吃過大蒜吧？有誰看過大蒜原本的樣子？做咖哩時要加入的薑黃和煮湯用的薑又有什麼不同？知道的舉手。」

我環顧全班一圈，沒一個人舉手。這是當然的，連我每天生活在菜市場的人都不知道了，其他人怎麼會曉得？

「所以今天這節課要讓大家認識食物，並且舉辦一場『班級廚神競賽』——」老師總算揭曉今天的任務。「今天的題目是：如果你要為家人煮火鍋，你會買哪些食材？等下全班分成六組，每組有買菜金一千元，我們要出去買菜回來煮。煮出最佳風味的那一組，老師另外加碼請你們吃霜淇淋！」

班上響起陣陣歡呼，上課時間能光明正大走出學校簡直是每個學生的夢想，同學無不興奮討論等下要買些什麼，綜合教室的屋頂真的被掀翻了。

既然要買食材，首選當然是距離明堯最近的北榮市場。但老師帶領全班停在全聯前等紅燈時，竟有一組狡猾的發問：「我們能不能在全聯裡買食材？」

老師同意了。「當然可以。那我們在全聯停留十分鐘，各組也可以看有什麼想買的。」

全聯的自動門一開啟，強力放送的冷氣帶走一路行來的黏膩汗水，有同學忍不住浮誇的舉高雙手：「全聯果然什麼都有，我真想停在這裡就不走了。」

這時身邊的葉承宇用手肘頂我一下。「妳看看第一組也太聰明了吧，他們直接買名店的湯底料理包耶！我們要不要學他們？」

「拜託！菜市場的東西才厲害！我可是……」話到嘴邊溜過半圈，我又改口。「我可是常陪我媽上菜市場的耶！等下我帶你們去買就對了。」

再往右邊看，第三組正在冷藏區前你一言我一句的爭論。

「我覺得買進口豬肉就好，這個比較便宜，剩餘的錢就可以買火鍋料增添豐富度。」

「可是進口豬肉好吃嗎？」

我看著全聯裡的食材，這些食物雖然包裝精美，但已經冷藏或冷凍保存一段時間，真的有菜市場賣的新鮮嗎？

十分鐘過後，有的組別買好想要的鍋底或火鍋料，兩手收穫滿滿，一副勝券在握的模樣，葉承宇擔心的問我：「確定沒問題？」

我丟出一記白眼後不再回答這問題，隨著老師抵達菜市場入口。老師將買菜金交至各組手上後，宣布──「我會在這裡等你們，各組限時三十分鐘。解散、開始行動！」

「第五組跟我來。」

之前我早昭告全組我買菜小達人的身分，自然被推選為組長，如今更是來到我的地盤，就像魚躍入深水裡，我自在的悠游於市場這大魚缸中。為了避開自家肉攤，只好選擇先往右走，繞進小路前去英老闆的魚攤，匆匆經過福興宮時我煞住腳步，對桓侯大帝誠心的拜了三拜，求桓侯大帝保祐我今天採買順順利利。

到了魚攤，攤位上果然只剩下三條魚，英老闆正坐在板凳上處理要交給餐廳的魚貨，將魚鱗片片刮得乾淨。

「老闆我來買魚。」我大聲說著，英老闆抬眼看見我的制服，露出了然的神色。看來英老闆也知曉明堯的傳統。「我們今天要煮什錦火鍋，想要放點魚進去會比較好吃。」

「你們預算多少？我來處理。」

「我們有一千元，可是等下還要買其他食材。」

「你們等我一下。」沉思一會兒的英老闆站起身來，他高高瘦瘦的像根竹竿，一腳便跨入倉庫裡頭，似乎在找什麼東西。

過沒多久，兩包包裝好的塑膠袋出現在眼前。「這一袋是已經吐完沙的雲林台西蛤蜊，有二斤，又肥又好吃，放在湯裡可以提味；另一袋是我原本要給其他客人的半斤澎湖白蝦，沒有關係這先給妳，這加進去湯頭馬上升級。這些算三百元就好。」

以我這些日子混跡菜市場的經驗稍微計算金額，白蝦一斤大概二百八十元，大顆的蛤蜊一斤至少也要一百元——別的同學可能不懂，但英老闆算給我的價錢根本是「放水價」，偏偏我不能揭露自己的身分，只能抱以一個感謝又羞澀的微笑。

臨走前英老闆提醒我可以去水果攤買幾顆小番茄，湯的味道會更好。於是通往水果攤的途中，我們順便買了豆腐、豆皮，走在後頭的葉承宇忽然拉住我。

「妳怎麼一直往前走，左邊不就有家水果攤嗎？他賣的水果都好便宜。」葉承宇指的是那家每到中午就會削價拍賣的水果攤。

我以一副市場過來人的口吻和他說：「那是和賣水果的行口拿的『擠貨』啦！」

「什麼叫擠貨？」

「在路邊沒有自己租店面的攤販，都是用一台貨車載水果來賣，這些水果常常是和行口拿的。當貨車一到，行口的師傅不管品質好壞，一股腦兒把所有水果塞到貨車上，攤販賣多少貨他們就從中抽成。」我在暑假裡可沒少和外婆來買水果，早就和水果攤的年輕老闆成為麻吉，套出不少水果界中的軼聞。「這些『擠貨』的水果，有的往往保鮮期極短，過幾天就壞了；有的外表光鮮亮麗，但吃起來難以下嚥。所以不要看見便宜就想湊過去，要重質不重量才對。」

「哇，食材小達人妳也懂太多了吧！」葉承宇發出誇張的驚嘆。

「當然！那可是我……」得意忘形的我又差點洩底了。「我媽買了好多次的水果，所換來的血淚教訓。」

我走向阿清哥的水果攤，才剛說明來意，阿清哥便打開後頭紙箱，往我手上塞了一把番茄。

「才幾顆算什麼錢？阿清哥送妳！」

在組員的注目禮之下，我將番茄倒進購物籃中，感恩的揮別阿清哥，終於要到最後一站。只是這一站，我敢去嗎？

魚丸香豆花香炸粿香……這些香味鋪成一條回家的路，我站在路口極目眺望，外婆正拿起一串肋排吊在鐵鉤上，站在攤位前的媽媽接過客人選的豬肉秤重算帳，爸爸在後方的剁肉台拿起剁刀，正揮汗如雨剁著大骨。

「剩下的交給你們，買肉和買菜應該沒問題吧？」我挪動腳步到其他人身後，一副功成身退的模樣。

「組長妳不會在關鍵時刻拋棄我們吧？」葉承宇隨即高聲哀嚎。

我裝出生氣的表情吆喝著。「我只是給你們表現的機會，快點去！」另外一名組員看不下去，拉著我的手就大步邁出，我連忙大喊：「吳芳禾妳慢一點，手會痛！」

我故意移到人群末尾，幸好今天肉攤生意很忙，外婆甚至還離開攤位到冷凍庫裡整理豬肉，少了一雙眼睛，只要注意些應該可以順利過關，但這時一聲叫喚令我的背脊像炸毛的貓般高高豎直。

「阿妹仔，返來哪會無相借問？」阿琴姨的眼皮明明已垂下一半，仍銳利的將我從人群中一眼認出，還問我為什麼不打招呼？這一下連爸媽也發現了，難堪的羞赧迅速佔領我的臉龐。

深呼吸一口氣，我挺直脊椎像士兵般背出標準回答。「老闆娘早安，我是明堯的一年級學生，今天我們舉行廚藝競賽要出來採買食材，請給我一袋茼蒿、半顆高麗菜和三穗玉米。」

阿琴姨還愣愣坐著，不知道現在發生什麼事，媽媽卻是瞬間明白過來，激動的便要上前，卻被爸爸一把拉住。

心底好像破了個洞，有什麼東西嘩啦啦的往外傾洩，我越想開口解釋，但看到身邊同學疑惑的目光，勇氣好像也隨著那破口流逝而去……

「——阿婆，我剛才以為妳睡著了才沒出聲，我要買菜啦！」一聲熱情的招呼化解凝結在空氣中的尷尬，扭過頭一看，李佳淇竟不知什麼時候出現在我身後，開啟她的自來熟模式。

「阿婆我們要煮火鍋，請問哪些菜加到火鍋裡面比較好吃？」李佳淇還對著隔壁的爸媽禮貌鞠躬。「您好，我們要一盒火鍋肉片，他們這組可能也要！」

「妳……」

「妳忘了我們綜合課是同一時段嗎？我們這節也要煮火鍋。」李佳淇對我眨眨眼，我被這眼神嚇得一顫。

攤子前聚集許多同學忙著挑菜，這裡明明是我無比熟悉的地方，此刻我卻像個陌生人般，旁觀眼前發生的一切。我是客人？還是主人？

「謝謝老闆、老闆娘！」我完全沒聽見同學們齊聲有禮的道謝，還是葉承宇推一把後我才回神。「還在做什麼？快去集合啊。」

我羞愧的低頭想遁逃，後頭卻有腳步聲追了上來。「等一下……」

——是爸爸！

爸爸手裡提著一袋排骨，剛剁完大骨的他額頭上汗水還未乾，點點冒現在這幾個月被曬黑的臉上，身上沾了殘屑的圍裙還散發著豬肉的腥味，連手也有些油膩膩的。「妳……你們把這些把梅花排拿去熬湯，這些排骨我剛才洗過了，妳要記得用熱水汆燙一次去除雜質後再放火鍋裡，湯裡要加些骨頭才有味道。」

我看著遞至身前的排骨，撇過頭不敢看爸爸。

「老闆這不好意思，我們可能沒有多餘的錢……」又是搞不清狀況的葉承宇插嘴。

「這送的。」爸爸逕自抓起我的手，將排骨塞到我手裡。「好了，快回去比賽。」

我轉過身，僵硬的邁出步伐，卻聽見爸爸的聲音——

「妳一定會拿第一名的！」

那聲音是一條線，纏得我的心好緊好緊，明明另一端沒有用力拉扯，我卻疼得想落淚。

完成這趟市場採買之旅，接著便是回教室裡煮火鍋。

蛤蜊、白蝦、番茄、高麗菜、梅花排……一樣樣從籃子拿出時，那一張張笑臉彷彿又浮現眼前。

「我們一定要贏！」

葉承宇如青春偶像劇的主角喊出這句口號，一旁的吳芳禾卻扁著嘴。

「贏了才多支霜淇淋，好沒勁。」

不！重點不在霜淇淋，而是不能辜負市場裡的大家傳達給我的心意。

熬湯頭、放食材、調味……，我們這組仔細進行每個步驟，別組也不遑多讓，當名店的酸菜白肉湯底倒進鍋裡時，香氣瀰漫至整間教室。

「完蛋了，第一組的湯底也太香了吧？」

我瞪了葉承宇一眼。「不要擾亂自己隊伍的士氣，他們的東西沒有我們好。」

其他組也紛紛祭出祕密武器，第六組甚至將買菜金悉數花在和牛全餐上。「好的火鍋就是要高級的食材，所以我們這組只要涮牛肉再配點青菜，就是最完美的一餐。」

「你們真是太有創造力了。」連老師也嘖嘖稱奇。

走至我們桌前，老師卻沒像前幾組一樣給出評語，而是看了幾眼後便往下一組走去。

「剛剛老師那眼神是什麼意思？怎麼有點恐怖？」

「我已經在腦袋中配上字幕——『你們煮的這什麼鬼東西！』」

「我們的廚藝沒這麼慘吧？」

將這些閒言碎語拋出耳外，我專心看顧桌上的火鍋，平日家人煮菜的樣子一幕幕像電影畫面般浮現。

湯裡要先放排骨，邊煮邊撈除浮上來的殘渣，湯頭才會清澈，這時再放蔬菜——媽媽一步步詳細解說。

妳阿琴姨家的高麗菜最甜最好吃，玉米也好吃，茼蒿也是……啊，茼蒿要最後放啦——外婆伸手阻止茼蒿被丟進火鍋時，眼睛仍瞇得像兩朵微笑。

士芬妳來試試爸爸現在的刀工，看這個豬肉片是不是涮三下就熟了——爸爸夾起有一根手指頭粗的肉片，急忙就要下鍋。

我來、我來——

剝！是蛤蜊開殼的聲音。湯好了。

老師分別從各組的火鍋裡盛一些湯料，放進嘴裡細細品嘗。慢火細燉

的香氣從滾滾地冒著熱氣的鍋裡飄散出，像是人們喃喃翳入天際的祈禱聲，我站在桌前緊張的絞著雙手，像極一隻驚慌得想啄自己羽毛的小鶴鶉。

在桌子下方我偷偷將十指交扣，桓侯大帝可要保祐我。這是我人生第一次如此誠心祈禱，在市場裡的桓侯大帝應該聽得見吧？

「這次班級廚神競賽獲勝的組別是——」老師故意拉長尾音，將所有人的期待吊得老高後，才公布最後贏家。「恭喜第五組！」

耳邊傳來組員們的拍手慶賀聲，我也雙手握拳大喊一聲「yes」，感謝桓侯大帝啊！

「這次的主題是為家人煮的火鍋，你為家人洗手作羹湯時會特別注意什麼？」老師說出這次選擇我們的理由。「既然是一家人一起吃的，每個人的口味不同，食材方面便不能太單調；健康也應該列入考量之中，我們要吃的是自然健康的『食物』，少吃含有人工添加物的『食品』；最後加上親手熬製的愛心，就是最好吃的火鍋。」

食物就是對待人的情誼，你端出什麼樣的食物，代表著你對這個人的心意，你放了多少愛與關懷進去，飲食便會如實呈現。聽著老師說這些話，我輕啜一口湯，湯裡熬煮著今日發生的種種，那是濃濃的熨燙舌尖心底的情感滋味。

取得優勝的興奮過後，終歸要踏上回家的路途。

我望著家門前仍亮著的燈，深呼吸幾次後跨了進去，走上二樓。

桌上擺著一鍋剛煮好的魚湯，從廚房裡出來的媽媽逕自越過我，將炒好的菜擺上餐桌。

我嘴巴吃力的囁嚅著，好不容易擠出一句：「我回來了。」

廚房裡只有鍋鑵相碰撞的聲音。

「快進去房間放書包，等下洗手吃飯。」爸爸剛洗完澡出來，還來不及用大毛巾擦拭濕漉漉的頭髮，便先對我開口。

吧嗒！淚水毫無預警落下來，從細流聚成小河，最後汪成一片眼淚海。

「爸我今天……」

爸爸打斷了我。「我們士芬是小公主啊，應該是不好意思和同學介紹我們，其實也沒關係……」

「不！有關係！」我用力吼出心裡話。「你們是世界上最疼我的爸媽，我卻這樣對你們，我覺得我自己好自私好沒用！其實……其實我也沒這麼想讀……」

媽媽冷冷的一眼掃來，將我想說出口的話全澆熄了。「雖然我現在在生妳的氣，但不要說氣話，我怕妳說完會後悔。」

聽媽媽這麼說，就知道她還是關心我的。我壓抑想往上翹的嘴角，態度端正的說出：「對不起。」

媽媽沒有理我，而是轉頭對爸爸說：「你去叫媽出來吃飯了。」

「我！我去叫！」我高興的蹦到媽媽跟前，接著往外婆房間跑去，中途忽然煞住腳步，對著還在擦頭髮的爸爸用力一抱，不知從何時起，這已成為令我安心的氣味。

「你是全世界最帥的國王——」

我又多加一句。「就算拿著菜刀亂切豬肉也很帥。」

第 7 章

生日宴會

今天是市場難得的休市日，媽媽載辛苦的外婆去醫院做健康檢查，爸爸則決定親自送我上學。

自從搬來外婆家後，我和爸爸的相處模式有了些許改變，雖然這麼說很奇怪，但我和家人真的「變熟」了。以前爸爸時常臨時加班，週一到週五我們像兩顆忙得不停的陀螺，總轉不到一塊兒；好不容易到了假日，爸爸便窩在房間裡補眠；只有在特殊的日子裡，爸爸才會帶著全家去吃大餐、買禮物。

現在爸爸的工作時間依然很長，但我每天能見到他忙前忙後的身影，可以聽見他在工作間隙偶爾拋來的一兩句關心，我們心靈的距離似乎拉近了。

「爸，你工作會很辛苦嗎？」

從原本的上班族變成如今的攤販，這差距可不是普通的大。

「妳以為爸爸以前的工作就是坐在辦公室裡辦公吧？」爸爸竟然讀懂了我臉上的猜測，我們內心的距離果然很靠近。「爸爸過去在一家傳統產業公司上班，雖然是主管，但每天都待在工廠裡，負責和生產線有關的所有事，例加產能調整、產線巡檢、產線異常維修……，在工廠裡關一天後才能下班，每次下班後的心情就是『啊！我出獄了！』」

爸爸這麼有趣的形容，逗得我笑出聲來。

「剛開始要來外婆家幫忙，我的確有點不情願。但這工作其實沒想像中辛苦，又能遇見許多有趣的人，更重要的是看到妳媽的笑容，她和外婆在一起時笑得那麼開心，我就覺得一切都值得了。」頓了一會兒，爸爸的語氣忽然變得微妙。「妳就安心讀明堯，爸爸負擔得起——賣豬肉的薪水待遇也不差喔。」

聽到這八卦，我趕快把握機會追問。「那月薪有多少？」

「嗯，大概就和政大博士出來賣雞排賺得差不多吧？」

「你是說博士雞排嗎？那家很有名耶，還開分店！我們豬肉攤以後也要開分店嗎？」

「這問題我還真的有想過，如果要開分店，應該先開在黃昏市場，讓豬肉盡量能在當天賣完，這樣可以確保肉質新鮮度。不過在這之前要先考慮運輸成本和人力成本，妳知道運輸成本要怎麼算嗎……」爸爸的經濟學演講又開始了，真不應該挑起這話題啊！

我們一路閒聊到校門口，已有幾輛轎車停在那裡和孩子話別。

「我現在已經一點都不羨慕囉。」爸爸不知道我在說些什麼，我只是揚起嘴角。「我可是爸爸走路送我來學校的『爸寶』，兩條腿才不會輸給四個輪子。」

爸爸笑著揉我的頭，忽然啊的一聲。「我想起來星期六是外婆的生日，可是那天可能沒空幫外婆慶生，不如我們趁今天來慶祝外婆生日？」

「好啊，那要訂餐廳吃飯嗎？」

「士芬妳幫爸爸的忙……」

爸爸在我耳邊低語一陣，聽完這計畫我當然大聲的說：「好！」

爸爸的計畫其實很簡單，我一下課就趕緊回家幫忙。外婆被媽媽帶出去逛街，廚房就成了我和爸爸的天下。

上次煮火鍋算是簡單的，可是這次要挑戰的是進階版——我們要煮的是豬腳麵線。

沒吃過豬肉也看過豬走路，雖然我沒滷過豬腳，但一切有網路就沒問題。我邊查詢食譜，邊指揮爸爸該怎麼做。

「豬腳一隻，麵線一包，蔥三根，薑片五片，蒜頭五到八顆，以及滷包一包。」豬腳麵線的主角當然是豬腳，爸爸特地挑了一隻大隻豬腳，要展現滿滿的誠意。

要處理豬腳很簡單：將豬腳剁開後，用熱水汆燙兩次，洗淨瀝乾水份，接著在不沾鍋裡倒入白砂糖，先拌炒至焦糖色，再把豬腳放入。

爸爸拌炒至一半，忽然大喊：「等等，我們家好像沒有五味粉？士芬妳趕快到橋頭雜貨店買一罐回來！」

接獲使命的我立即跨上我的「小芬」，以哪吒踩風火輪的速度向橋頭駛去。氣喘吁吁跑上樓後，似乎隱約聞到一股焦味。

「爸，豬腳沒事吧？」

「豬腳應該……還好？」爸爸不確定的說。我還沒看清楚豬腳的模樣，爸爸就在鍋內加入五香粉、米酒、醬油等調味料，再倒入水及豬骨高

湯、花生仁，快速把鍋蓋蓋起。「好了，趁著燉豬腳的時間，我們來處理紅蛋和麵線吧！」

看著那鍋被爸爸「精心處理」的豬腳，我實在忍不住憂心忡忡。

「這是聰敏一個人做的嗎？」外婆回到家看到桌上的豬腳麵線，眼睛都亮了。

必須時刻盯著爸爸的我，不滿的嘟嘴。「外婆我也有幫忙。」

「當然，我們士芬最厲害。」

得到外婆誇獎的我高興的一同入座，爸爸端起碗，先幫外婆盛上滿滿一碗豬腳麵線。

「媽，祝您生日快樂。吃豬腳代表身強體健，麵線一口吃下不咬斷，歲壽綿綿長長，裡面我還特別舀了一塊豬蹄。」

「為什麼要吃豬蹄？」

媽媽擔任起解說重任。「有句台語的俗諺說：『衰甲踏到豬屎』，是指人倒楣到了極點，連平時只會在豬圈裡的豬糞也踩得到。而豬腳是最常踩到豬糞的，所以吃了豬蹄子就能改運，讓一切否極泰來。今天吃一塊豬蹄，讓壞運去好運來。」

「士芬也要吃帶蹄的豬腳。」外婆沒有馬上吃，而是盛了一碗給我。

「古代讀書人進京趕考時，會在投宿的旅店接受旅店主人的熱情款待，吃一鍋帶蹄的豬腳，以預祝他們金榜『題』名，煮得軟爛的豬蹄也代表『熟題』，希望考試時每一題都是熟悉的題目。妳現在在讀書，記得要多吃一點。」

我端過豬腳麵線，正準備要吃時，卻打撈起一塊「事故現場」。原本在湯汁裡還看不出真實顏色的豬腳，如今「清水出芙蓉，天然去雕飾」，露出它的廬山真面目——本該晶亮Q彈的表皮，竟然有一處看起來又黑又硬，簡直像火災過後的紋身。

「這豬腳麵線及格了。」外婆碗裡是一塊煮得太焦的豬腳，她卻面不改色朝黑色處咬了一大口，吃得慎重珍惜。「能吃到你親手煮給我的一頓生日餐，這份心意比什麼都珍貴。」

爸爸和媽媽一起，遞給外婆一包鼓鼓的信封袋。「媽，這是我們包給您的生日紅包。」

「你們兩個孩子……」外婆沒有收下，一味推拒。「平常我就有拿店裡的分紅，還包這個給我做什麼？你們自己留著。」

「我要謝謝媽沒有嫌棄我，對待我真的像親生兒子。」爸爸的眼睛裡不知何時悄悄爬上淚光。「我以前很少回來看媽，媽卻為了我決定提早退休，在我最落魄的時候伸出援手，我卻沒有本事為媽和靜誼做些什麼……」

「聰敏，你是我心中的一百分女婿。」外婆眼中盡是慈愛的光芒。「你以前和靜誼結婚時我就說過，我沒有要求我的女婿一定要大富大貴，只要你能給靜誼安穩的生活和開心的笑容。不論環境如何變化，你始終用心做到這些，我很高興靜誼有你這個丈夫，士芬有這樣的爸爸。」

「我……」

爸爸還要說些什麼時，外婆抓起爸爸的手，和媽媽的手疊合在一起。

「你們兩個今後還要同心打拚，為這個家繼續努力。」

「媽……」媽媽幾乎是帶有哭聲的說著：「您就收下我們的紅包

吧！」

這句話放在這裡不知為何特別好笑，我和外婆真的笑了出來，氣氛頓時變得輕鬆。

「好，我就當做幫士芬先存一筆教育基金。」外婆收下紅包後，拿起盤子裡煮好的紅蛋，在我身上滾了滾，用台語喃喃念著：「福氣來、福氣來——紅卵滾得正，寫字直又正；紅卵滾得順，讀冊才會順。」

我還不知所以時，便看見媽媽拿著顆紅蛋如法炮製，接著將紅蛋砸向爸爸的頭，磕一聲！蛋殼被磕破了。

「蛋殼破了人就開竅，希望你能夠變得更聰明。」媽媽剝開蛋殼，將蛋放入爸爸的碗中。「蛋殼剝下後，是剝開過去、脫胎換骨的重生，今天你也要來吃一顆。」

爸爸也想幫媽媽夾蛋，於是拿起一顆紅蛋又敲了自己的頭。將蛋殼剝好後，情意綿綿的放入媽媽的碗中。「這顆蛋給我的『大公主』，這陣子我們的『小公主』進入青春期，老是給妳添麻煩，讓妳辛苦了。」

「吼！哪有爸爸這樣出賣女兒的？而且你們都沒有人幫我剎！」受不了爸媽的「放閃」，我自己拿起一顆紅蛋就要往頭上敲，被外婆阻止。

「妳氣沖沖的像牛一樣，等下把整顆蛋敲碎了怎麼辦？」外婆笑著打趣我，將蛋對著我的頭一敲，喊了一聲：「開竅！」

「士芬以後要變得更聰明，也要會體諒爸媽，事事項項都要開竅……」

沒有大魚大肉，只有溫馨的笑語，這是我度過最別緻的生日宴會。

第 8 章

做香腸

臨近期末，對明堯學生而言最重要的大事不是期末考，而是期末將舉辦的園遊會。尤其對一年級新生而言，這可是第一次參加。

明堯園遊會的宗旨強調親力親為，所有事情學生們都要一手包辦。聽到這個消息，吳芳禾的嘴又扁了下來。「蛤，我還以為可以直接找攤商進來學校，我們負責吃吃喝喝就好，沒想到還要自己做。」

「我覺得這很好玩。」一旁葉承宇雙眼發亮，向講台上正主持班會的班長用力揮手。「班長，我提議我們班來賣遊戲，像新生體驗營玩大地遊戲那樣，讓大家用頭頂乒乓球。」

「當時等你裝進一球等到天荒地老耶！你確定玩遊戲不會太費時，不符合經濟效益成本？」一想到葉承宇當初的糗樣，我的腦仁還有些發疼。

「賣飲料好了，飲料製作比較簡單，成本又低。」教室另一端出現其他聲音。

「沒做出特色的話就不會有人來買吧？我哥他們那屆做飲料，最後只賺了八百元，還喝了一肚子水……」

大家的想法皆天馬行空，討論許久仍沒找出進行的方向，倒是台下老師聽完一輪，站起身來立刻拍板敲定。「所有人回家再想想。也許你們可以嘗試列一張表格，分析想販賣產品的優缺點，該如何取得產品以及販賣時可能面臨的突發狀況，討論會更有方向。」

老師說的簡單，但叫平日只接收知識輸入而不輸出的國中生擬定計畫有多困難啊！一回家我立刻坐困愁城，外婆詢問原因後，一句話就解決我的困難。

「星期六我們去市場逛逛？」

自從生日宴過後，爸媽對豬肉攤的工作越來越上手，就連阿琴姨也三不五時對能坐在椅子上休息的外婆說「曲跤撚喙鬚，好命喔！」

在生意最繁忙的六日帶我逛市場，似乎也變得容易些。只是市場我都很熟了，還有什麼好逛的？

「就和季節一樣，菜市場一年四季有不同風貌，像現在這日子有一攤應該要出現了。」

難道市場攤販和百貨公司精品一樣，還有季節限定款嗎？

我攏了攏胸前的圍巾，雖然入冬不久冷風便颼颼的颳。才剛拐過太平路和五義街的交叉口，就聽到有大聲公強力播送「來、來、來！每一樣只要十九元，不買可惜！」只見騎樓下那家鴨肉油飯不知何時搬走，換成布條上掛著「精品百貨」的店家進駐，一圈圈人潮不懼寒風發威，將店內圍得水泄不通。

我好奇擠了進去，想看裡面賣些什麼？只見好幾張正方形桌子擺成一條長龍，上頭和兩面牆壁上擺滿各式各樣的商品，有小朋友最愛的彩色筆盒、家庭主婦最需要的碗盤和鍋鏟，連簡易文具組也只要十九元，甚至我還看到了學校裡人手一瓶的防疫神器——可隨身攜帶的小型按壓式噴霧罐，裝起消毒酒精方便好用。如果我和店家批貨帶到學校園遊會賣，會不會因此大賺一筆呢？

從店裡「擠」出來，我這個好鼻師就聞到一股不同以往的香味，那是一股濃厚的中藥香，溫潤得令人沉醉其中，我循著香氣來到一攤從未見過的攤位前。

「阿強師你又來了。」外婆已經上前打招呼。「只有冬天才能看到你哦！當然要先買一碗。」

「秀蓮姨又說笑。」阿強師看起來斯斯文文的，手腳卻很俐落，隨即拿起紙湯杯從大鍋子中盛了滿滿一杯給我們。我先嚐了一口湯頭，甘甜入喉，將周身的寒氣全驅逐殆盡；又舀起一塊肉送入口中，和平日吃慣的豬肉牛肉口感完全不同，肉質鮮嫩彈牙卻帶有些許嚼勁，嚐出答案的我大喊——

「是羊肉爐！」

「阿強師的攤位雖然沒有招牌，卻是『住在巷仔內的人』都知道的名店。如果十一點多才來，這一鍋大概已經清潔溜溜了。」外婆喫了一口湯，一副滿足的神情。

如果能將這美味帶至學校園遊會裡，一定會引起大轟動！

外婆帶我逛了一圈菜市場，我越發覺得菜市場就像個藏著豐沛寶藏的大寶庫，只要越深入挖掘，市場就會展現出更多不一樣的風貌。

只是我也陷入了深深的煩惱，在這些美好寶藏中，要提出哪一項做為園遊會的販賣商品呢？

「老闆娘去逛街啊？」

汪太太和她的女兒又出來買菜了，見到外婆後熱絡的問著：「你們家的香腸不是六日都有賣嗎？今天怎麼沒掛出來賣？」

外婆看向鐵鉤一眼，「香腸假日限定」的塑膠牌下早已是一片空城。

「妳來得太晚了啦！早上還掛著好幾串，現在都賣完了。」

「才十點而已，每次只晚一步你們家的香腸就全被買走。」汪太太想了片刻，對外婆說：「明天還有香腸嗎？如果有我明天特別出來買，幫我留二十條！」

別人家有季節限定款，我們家的香腸可是假日限量版，超過十點捧著白花花的鈔票來買也買不到。

啊！我想到這次學校園遊會要賣什麼了！

「有同學對園遊會有什麼想法嗎？」

週一早自習班長在台上聲嘶力竭的問著，得到的還是獲得一片噓聲的玩大地遊戲的提議。

「我有個提議——」我吸氣又吐氣，做好心理建設後舉起手。「我們來賣烤香腸！」

全班數十雙眼睛齊齊望向我。

我必須拿出理由說服大家。「大家都有去過一中街吧？一中街是台中人和外地客假日逛街時一定會去的地方，那裡有家紅茶香腸攤生意特別好，網路上都有它的報導……」

話才說到一半，班上一個男生旋即打斷我的發言。「賣香腸太普通了啦！」

「不！我們要賣的香腸和別人不一樣，我們要賣的就是一中街香腸攤的香腸！」我握了握拳頭，閉上眼睛大聲說出：「我家是賣豬肉的，一中街香腸攤的香腸就是和我們家批貨。」

全班安靜了三秒鐘。

已經準備好迎接哄堂大笑的我，也疑惑的睜開一隻眼睛。

「酷哦！」沒有預想中的嘲笑，最先聽到的是葉承宇的擊掌聲。「招牌上寫『一中街香腸攤正宗口味獨家販售』，再擺上我們和攤主的合照及簽名，這樣子我們的香腸攤一定可以爆紅。」

「我覺得不只要賣烤香腸，烤玉米也不錯，可以多賣一點東西。」吳芳禾也附和這項提議。

全班似乎被這波討論氣氛帶動起來，原來說出祕密沒有這麼難，也許這祕密在他人眼中根本算不上什麼呢！我摸摸自己發紅的臉和咧開的笑容，又問了一句。「那來我家一起灌香腸？」

要確定可行時間時，卻碰上了難題。討論之後才發現，全班四分之三的同學假日都在補習，補數學、英文已經是常態，甚至有同學補籃球的，時間全被塞滿一刻也不得閒，以前的我好像也是這樣？現在我卻有些慶幸，我們家的「財力」跟不上其他人的腳步，反而多出些自由時間。

在補習的壓力下，許多人只得以嘆氣聲做為回答；但仍有幾個同學願意排除萬難，興沖沖的接受我的提議。

確定了要來我家灌香腸的同學名單，接下來我還得去找一個人。

「星期日妳要來我家玩嗎？」

李佳淇聽到我的邀請時，驚訝得差點說不出話來。「妳邀請我到妳家？」

「我家就是那家賣豬肉的，妳不是早就知道我家在哪了嗎？那時候妳還對我眨眼了。」我提起上次廚神競賽時在菜市場巧遇的事。「不過妳怎麼知道的？」

「妳忘了？我可是每天搭公車上學的。」李佳淇又調皮的對我眨眨眼。「公車站牌就在妳家附近而已啊，我可是常常看到妳從家裡走出來的。」

「吼，妳竟然跟蹤我！」我們兩個打打鬧鬧，整條走廊上都是我們歡快的笑聲。

星期天下午的菜市場，就像忙碌一整年的巨人，準備進入冬眠期。街道上空蕩蕩的沒有什麼人，只有黃昏時出沒的燕子將這裡當成遊戲場，繞過電線低空飛行再來一個引體向上，一百八十度大迴轉後仍樂此不疲的相互追逐著。

這時駛進街道裡的轎車打斷這場遊戲，燕子紛紛展翅高飛，換成了名車登場時間。如果是在星期日早上，車子一開入菜市場中必定會受到所有人憤怒的「注目禮」，輪胎將深陷人群沼澤中如同蝸牛般緩慢前進，三分鐘的路程得開上二十分鐘才能脫身；但到了下午，車子在市場裡暢行無阻，一下子便停在「志鴻肉鋪」附近。

最先抵達的是葉承宇，大老遠的就聽見他的聲音。「爸我和你說，這就是我同學家，上次我還來他們家買菜……」

葉承宇的爸爸不就是傳說中的大老闆嗎？我還記得那塊進口巧克力的滋味，這還只是他們家眾多代理商品的其中一項。

真正見到人時，卻發現和我想像的完全不同。葉爸爸穿著一件領口有點磨損的襯衫和休閒褲，毫無大老闆的架子，跟著葉承宇一起進來我們家，一見面就先送上一盒巧克力。爸爸接過來後，也說了幾句客套話。

「我們家承宇要拜託你們照顧了，他一直說你們家士芬很厲害，在學校幫他很多。」葉爸爸這番話說得我都有些害臊起來，事實是我常在學校「欺負」葉承宇，可沒葉爸爸說的那麼善良。

「我聽說士芬的數學特別厲害，哪像我們承宇一遇到數學就頭痛，我常叫他要多問同學老師……」

葉爸爸一說話就停不下來，開口承宇閉口承宇，將園遊會開成了家長會，最後還是葉承宇受不了，拉扯葉爸爸衣角。「爸你不要再說了快回去啦，你不用去聯絡客戶嗎？」

「好好好，我要回去了。」葉爸爸這才不捨的結束話題，但走沒幾步又回頭說：「你記得要帶幾條香腸回來，爸爸想嚐嚐你做的，上次你在學校煮火鍋我一口也沒吃到……」

「吼，不要再說了啦！」

看著葉承宇好不容易將葉爸爸趕上車，我笑得腰差點直不起來。看來全天下的爸媽都是一樣的，只要談起孩子，永遠是說不完的愛與關心。

其他同學也陸續抵達，當李佳淇來到時，引起一陣小騷動。

「這是我的好朋友李佳淇，我今天請她一起來灌香腸。」

「她不是我們班的，萬一把烤香腸的點子學走了呢？」吳芳禾質疑的說。

「我們班要販賣的商品已經決定好囉，我們會幫來逛攤的同學畫素描。」李佳淇倒是毫不在意自己班的點子先公開，畢竟除了美術班以外，大概沒有別的班級能這麼做了吧？「如果是你們來找我畫的話，我打九折。」

園遊會還沒正式開始，竟然能在我家馬上做起生意，李佳淇也太厲害了！

既然人已到齊，重頭戲灌香腸也即將登場。媽媽是今天的指導老師，當她綁著馬尾、穿著一件粉色長袖上衣走出來時，還迎來一陣小小的驚呼。

「我原來以為妳媽應該是滿臉橫肉、拿著一把殺豬刀的中年歐巴桑，沒想到這麼有氣質耶！」

聽著同學這麼說，我嘴角也翹了起來。「你以為賣豬肉的都長那樣嗎？也不看看她是誰的媽媽！」

「嘖，張士芬又在臭美了。」

媽媽沒注意到我和同學的小插曲，她先讓同學們將手洗乾淨，擺好工具後，將幾盤分好的肉擺至桌上。

「這是我昨天先醃好的肉，等下我們就要把肉灌到腸衣裡。」

「張媽媽我可以請問這肉有什麼特殊配方嗎？」或許是想起葉爸爸要帶香腸回家的叮囑，葉承宇顯然十分好奇。

「一般做香腸使用的是後腿肉，我們則是採取後腿肉和五花肉七比三的黃金比例。每家香腸都有自己的獨家配方，像南部習慣多加醬油做黑香腸，有的會加高粱做帶有酒香的香腸，我們的則有加一些肉桂粉增加香氣，另外加紅麴上色。如果你們家裡自己要做的話，不要去超市買絞好的肉，超市的絞肉往往絞得太細，像我們今天的絞肉就是一小塊一小塊的肉塊。」媽媽帶著同學們到絞肉機前面。「這就是肉攤會使用的絞肉機，上頭有許多孔洞，一旁是各種大小的孔蓋。絞香腸肉時我們會調到最大孔，而像水餃肉就要調到小孔絞兩次。」

媽媽再帶領大家回到桌前，同學們的面前分別擺著一碗清水、一大盤肉和一個漏斗，另一個小碟子裡則是一捆像鞋帶的物體，上頭還有些粗粒。「這小碟子裡擺的就是用鹽鹽漬過的豬小腸腸衣，做香腸就是把肉灌到腸衣裡。等下將上頭的粗鹽洗掉，我們就可以開始今天的工作了。」

這也是我第一次灌香腸，跟大家一起拿起腸衣，這才發現腸衣真的很「長」，怎麼抽都抽不盡，我還看到吳芳禾將腸衣繞在手上轉圈圈。我想起有句成語叫「愁腸百結」，要說豬小腸可以打一百個結我也相信。

腸衣放入碗裡後將鹽洗去，再重新裝一碗清水，就要進行下一個步驟了。

「我們先找腸衣的開口，接著將開口套進漏斗的尖端。」媽媽先示範一次，這一步並不難，同學們陸續完成。「接下來舀一些水倒進漏斗裡，水會流入腸衣中使腸衣膨脹，再把漏斗迅速反過來泡進水裡，用力在水裡晃一晃，剩餘的腸衣就能順利套入。」

將漏斗放進水裡時，有的同學的腸衣膨一聲脹得老高，像忽然灌入氣體的氣球一樣，將大家嚇了一大跳。多做幾次後似乎是掌握了「打氣」的節奏，白色的長條「氣球」此起彼落，驚嚇聲也變成陣陣笑聲。

裝好後得拿濕紙巾將腸衣擦乾，避免生水過多，影響之後香腸的風乾。媽媽巡視一圈檢查成果，滿意的點頭。「腸衣全部套進漏斗後，接下來就要靠兩人合作了。」

我和李佳淇同一組，我負責將肉填裝進漏斗裡，李佳淇則負責將腸衣慢慢往下拉，給予肉餡填充的空間。這一步可不簡單，必須將肉餡往孔眼裡塞，如果只擠外圍的話，肉餡就會和你玩捉迷藏——這邊凹進去、那邊凸出來，得確實的將餡料壓下。

李佳淇將肉擠進腸衣，香腸的雛形逐漸明顯，開始有些像掛在豬肉攤外頭的長條狀了。「我覺得這好像在擠水彩？只是現在是把顏料擠進去袋子裡。」

為了擺放香腸，媽媽拿出一個個大鐵盤。不知不覺，粗短的小蛇變成一條蜿蜒在大鐵盤裡的巨龍，我們終於將所有肉餡裝完，個個累得滿頭大汗。

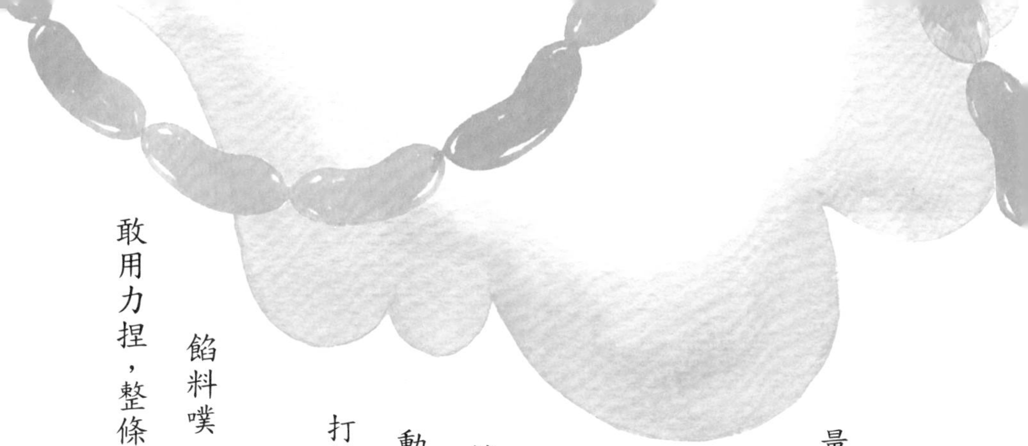

「接著我們拿起香腸抓重量，看看你左手和右手抓的重量有沒有平均，找出這條香腸的中心點。」

學著媽媽的動作，我找出中心點，將香腸掛在鐵鉤上。

「現在我們要整腸，大家的手順著香腸的一端往下摸，找約莫一個手掌的長度，在這裡捏住，幫它轉一圈——」媽媽像老鷹抓小雞般，快狠準的做完這動作後，香腸還在原地跳舞轉圈圈。「再拿起繩子幫它打結，一條香腸就完成了。」

同學們無不模仿媽媽的動作，可是有的捏得太大力，餡料噗一聲往下滑，活像只剩下長脖子的小雞；有的同學不敢用力捏，整條腸衣還是一隻肥嘟嘟的肉雞，大家手上全是油膩膩的。

試了好幾次，我才終於找到訣竅，捏出一條條漂亮的香腸，雖然不能像媽媽抓得這麼漂亮，但我一定繼承了肉鋪店的血液，至少比其他還當不成獵鷹的同學順手多了。

等遙遙落後的葉承宇終於也完成，他聽到媽媽說還有下一個步驟時，隨即慘叫出聲：「做香腸也太麻煩了吧？怎麼一直沒完沒了！」

「不要緊張，剩最簡單的兩個步驟。」媽媽發給每人一根針。「我們等下在香腸上頭扎洞，讓空氣從裡頭跑出來，這樣香腸在風乾時才會變得緊實。」

「那肉不會從裡頭跑出來嗎？」

「我們用的是肉塊，肉是無法從孔洞裡跑出來的。」

葉承宇從媽媽手上接過針，一臉苦大仇深的瞪著香腸，拿著針快速戳著。「戳戳戳，我是神戳手！敢笑我沒體育細胞！」

葉承宇說這話時還往我這裡瞄了一眼，他真的不是在指桑罵槐嗎？

戳完洞之後，只要再幫香腸用米酒擦拭消毒，就完成今日所有工作，所有人都重重呼出一口氣，這時才感到腰痠背痛。

「這香腸灌好後，明天就可以吃，也可以等到你們園遊會時現烤現吃。」

「所以我們今天沒辦法吃到香腸嗎？」聽到媽媽的回答，葉承宇失望的神色溢於言表。

媽媽善解人意的笑了笑。「我有準備幾條香腸給你們帶回去，吃不夠的話你們可以再來。」

「耶！士芬家真是太酷了！」

當每個同學提著一串香腸站在我家門口時，這畫面莫名的有些好笑，連身邊的李佳淇都悄悄敲了我腰際一下，問道：「可不可以叫大家把香腸掛在脖子上，我畫下這張素描送給你們？我都把這幅畫作取好名字了，就叫做『那些年我們一起灌的香腸』。」

第 9 章

再迎挑戰

在灌腸事件後，我成為班級裡的風雲人物，有同學會問什麼時候還可以組團到我家灌香腸，甚至問家裡是否有販售肉乾或肉鬆——雖然這些也是豬肉做的，但和豬肉攤的業務不一樣啊！

正當一切事物越來越上軌道時，市場各攤販卻忽然收到一紙公文。

「市場要重建，那不就等於要拆掉這裡嗎？我是絕對不可能搬離的！」外婆氣呼呼說著，將通知書用力丟至桌上。「我和阿琴是幾十年的老鄰居了，在這裡生意也做得好好的。前陣子政府開放豬肉進口，還把北區肉品屠宰市場改成肉品觀光市場，現在又要拆除北榮市場，這是不想讓我們的生意做下去嗎！」

「媽妳不要生氣，我想政府還不至於硬來。」媽媽雖然這麼說著，臉上卻也充滿愁意。

難道我們家好不容易安定下來的生活，又要重掀風波了嗎？

這幾日市場裡也對改建一事議論紛紛，媽媽私底下也嘆了口氣。

「自從大賣場和超市興起後，北榮市場的人潮也比以前衰退許多，以前只要是早上，市場街道上擠得連一絲空隙也沒有，現在摩托車還可以在市場裡鑽進鑽出。我怕這個改建案一提出，將來北榮市場就再也不存在了。」

爸爸對此事卻未發表評論，只在聽見摩托車一事時，多了幾分關注。

市場自治管委會終於針對此事展開會議，時間就訂在週一休市日。當我一回家發現家裡沒人時，就趕快朝在福興宮內的管委員跑去。

宮內香煙裊裊，桓侯大帝依然憐憫的俯視眾生，對於市場改建案祂會有什麼看法，是否已泡了杯人蔘茶，正倚在祂的神龕前細細諦聽？

才到門口，就聽見激烈的爭論。

「我們一直都是這麼做生意的，為什麼要改變！」

「市長上任才幾年？我們在這裡幾年？她會比我們更知道北榮市場需要什麼嗎！」

「總之反對到底就對了！」

「雖然我剛到北榮不久，但我有幾件事想和各位分享。」咦！這是爸爸的聲音？我趕緊把頭貼在窗戶上，往裡頭看去——

「我前幾日做了一份市場調查，發現我們的客人大部分來自於北區，而且多半是家庭主婦，她們會選擇來北榮市場，是因為我們是位在市區裡的批發果菜市場，價格便宜食材多樣，三餐所需均可一次購足，交通也很方便。但是為什麼我們的客人仍在不斷減少中？相信大家都有這個疑問吧。」

正在侃侃而談的爸爸看起來充滿自信，就像當初在和我講解速食店理論時一樣。就連原本不贊同改建的外婆，也用讚賞的目光鼓勵著爸爸。

「根據市調的結果，許多人對我們的市場衛生有疑慮，例如市場氣味混雜，甚至有老鼠出沒，而且許多人直接把機車騎進市場，造成人車爭道，空氣污染嚴重，對於我們或者來買東西的人都構成很大的健康威脅，這也令許多消費者卻步。」見沒有人反對，爸爸接著往下說：「時代和以前不同了，現代人重視健康，價格低廉比不上健康無價。如果我們能夠提升自己的品質，我相信北榮的改建不是一件壞事。」

砰一聲，有攤販按捺不住脾氣拍桌。「那你是要我們全部拆掉重來嗎？」

爸爸沒有被嚇退，而是更誠懇的解釋：「不是這樣的，我覺得傳統和創新可以並行。我們可以參考轉型成功的第五觀光市場，例如在街道之間鋪設行人專用道，營業時間限制機車以上車輛進入，並且擴建停車場讓顧客有位置停車，定時消毒以及衛生檢查等，讓購物環境變得舒爽、乾淨。只要我們有求好的心，改建就可以成為我們轉變的契機。」

管委會沒有當下採納爸爸的意見，甚至還有許多人根本不看好，爸爸也不爭辯，只是出來看到我後露出笑容。「妳在外面等很久了嗎？」

「沒有。一點都不久。」我逕自撲向爸爸懷中，我的爸爸果然是全天下最帥氣的國王！

走回家的路上，外婆、媽媽、我和爸爸一起手牽著手，我問爸爸：「改建案會通過嗎？」

「我也不知道。」爸爸看向天空，天際無邊無垠。「但我希望北榮市場能變得更好。」

我偏著頭想了想，提出自己的意見。「我想剛剛那些提出反對意見的人，也和爸爸一樣，都是為了北榮市場著想。或許藉由相互溝通和理解，就能找出最好的方法。」

不僅是爸爸，連外婆和媽媽也欣慰的看著我。「我們的小公主真的長大囉。」

以前的我是什麼樣子？還沒來到北榮市場前，我大概就是生活在象牙塔中，眼裡只看得見自己的公主吧！現在的我已經從象牙塔裡邁出第一步，雖然知道世界不是圍著自己轉時有些傷心，卻收穫了更加珍貴的情感寶藏，我還要繼續往前探險、往前走……

福興宮、魚攤、蒜頭攤、水果攤……，閉上眼睛我都可以數出腳下踏過的每一寸土地，還有這裡的每一張笑容。

「北榮市場將來會變得怎樣？」

媽媽牽著我的手，溫厚的聲音緩緩流淌。「一味想著將來或許有點遙遠吧？我們只能努力做好當下的每一件事。而當有機會往前走時，卻也不要忘了向後看，不要否定自我，而是感謝過去給予這麼多成長的養分，才能成就如今的自己。當然也不要忘了──感謝身邊一直愛著你的家人。」

看見媽媽和外婆牽得牢牢的手，我也緊緊握住爸爸和媽媽的。前方不遠處就是我們家的肉鋪，不管將來是晴是雨，明天一早這裡依舊會有四條忙碌的身影，為了一家人的幸福努力打拚。

一隻燕子斜曳而過，燕尾在空中剪出一道美麗的弧線。我跟著望向天際，那的確是廣闊無垠的未來，充滿令人眼花撩亂的絢爛，也許有一天我會像燕子一樣振翅高飛吧？只是當我飛往天際時，我知道會有一條線緊緊

地將我攥住，使我不至於迷失方向，那是我的土地、我的回憶。

那是家人的愛。

九 歌 少 兒 書 房 2 8 4

我的菜市場

國家圖書館出版品預行編目 (CIP) 資料

我的菜市場 / 李郁棻著 ; 劉彤渲圖 . -- 初版 . --
臺北市 : 九歌出版社有限公司 , 2021.11
面 ; 公分 . -- (九歌少兒書房 ; 284)
ISBN 978-986-450-370-4(平裝)
863.59 110016383

作 者 —— 李郁棻
繪 者 —— 劉彤渲
責任編輯 —— 鍾欣純
創 辦 人 —— 蔡文甫
發 行 人 —— 蔡澤玉
出 版 —— 九歌出版社有限公司
台北市 105 八德路 3 段 12 巷 57 弄 40 號
電話／ 02-25776564・傳真／ 02-25789205
郵政劃撥／ 0112295-1

九歌文學網 www.chiuko.com.tw

印 刷 —— 晨捷印刷股份有限公司
法律顧問 —— 龍躍天律師 ・ 蕭雄淋律師 ・ 董安丹律師
初 版 —— 2021 年 11 月
定 價 —— 280 元
書 號 —— 0170279
I S B N —— 978-986-450-370-4